BULLE DE NOËL

ANA ASHLEY

Traduction par
ALEXIA VAZ

MENTIONS LÉGALES

Titre original : Christmas Bubble
© 2022 Ana Ashley
Conception de la couverture : Rhys, Ethereal Designs

Bulle de Noël
© 2023 Ana Ashley
Traduction : Alexia Vaz
Correction : Lily Karey

TOUS LES DROITS SONT RÉSERVÉS
Aucune partie de cette publication ne peut être reproduite, distribuée ou transmise sous quelque forme ou par quelque moyen que ce soit, y compris la photocopie, l'enregistrement ou d'autres méthodes électroniques ou mécaniques, sans l'autorisation écrite préalable de l'auteur, sauf dans le cas de brèves citations incorporées dans des critiques et certaines utilisations non commerciales autorisées par la loi sur le droit d'auteur.

Bulle de Noël est une œuvre de fiction. Les noms, les personnages, les entreprises, les lieux, les événements et les incidents sont soit des produits de l'imagination de l'auteur, soit utilisés de manière fictive. Toute ressemblance avec des personnes réelles, vivantes ou décédées, ou des événements réels est purement fortuite.

Rejoignez le groupe Facebook d'Ana, Café RoMMance pour découvrir un contenu exclusif et pour en savoir plus sur ses derniers livres sur www.anawritesmm.com !

RÉSUMÉ

Une tempête de Noël.
Deux opposés qui s'attirent clairement.
Un seul lit.

Lorsque l'homme de vos rêves écrase ses lèvres contre les vôtres, il n'y a qu'une marche à suivre. Votre serviteur – c'est moi – vous l'a décomposée en quatre étapes faciles, pour votre confort.
De rien.
Étape 1 : assurez-vous qu'il est vraiment accroché à vous. Lèvres contre lèvres. Vous êtes une palourde. Ne le lâchez pas.
Étape 2 : grimpez sur lui comme sur un arbre.
Étape 3 : remerciez la personne que vous avez été et qui a fait tous ces squats qui vous ont donné ces cuisses musclées.
Étape 4 : profitez de chaque seconde de ce baiser avant que l'homme (peut-être pas si hétéro) se rende compte de ce qu'il fait et commence à flipper.

Bulle de Noël est un roman indépendant de Noël, sans

drame, mettant en scène un minuscule pom-pom boy extravagant, un entraîneur de football américain plus âgé et demisexuel ainsi qu'un chalet hivernal près d'un lac, pourvu d'un seul lit.
Tous leurs rêves se réaliseront-ils lors de cette saison ?

DÉDICACE

À toutes les personnes extravagantes et au grand cœur dans ce monde.
À tous les Bubble.
Que tous vos souhaits de Noël se réalisent.
Ana

1

COACH

Chaque jour, faites une chose qui vous effraie.
Lancez une conversation avec un inconnu.
Portez l'uniforme de votre équipe et allez vous asseoir avec vos adversaires.
Éclatez Bulle.
La seule personne qui vous en empêche, c'est vous-même.

— Ce n'est pas bien écrit. Ça devrait être « éclater *des bulles* ». On n'éclate pas qu'une seule bulle, vous voyez ? On éclate plein de bulles.

Je fais pivoter ma chaise pour voir l'un de mes joueurs vedettes regarder fixement le poster motivant accroché sur le mur derrière mon bureau. Je n'ai pas mis cette affiche. En revanche, je sais, avec une entière certitude, qui l'a fait.

— Jackson, comment puis-je t'aider ?

Le gamin semble à court de mots, ce qui ne lui ressemble pas, alors qu'il cesse de regarder le mur et m'observe en s'entortillant les mains.

— Ma… euh… mère a dit que si vous n'aviez nulle part où aller pour Thanksgiving, la semaine prochaine, vous pourriez venir chez nous, comme vous êtes plus ou moins nouveau en ville, et tout.

Je me frotte l'arête du nez et ferme les yeux.

— J'apprécie l'invitation. Remercie ta mère de ma part, mais j'ai déjà d'autres choses de prévues.

— Mais les mecs ont dit…

Je hausse les sourcils et il comprend le message. Je me fiche de ce que quiconque dit. À moins qu'ils aient accès à mon agenda personnel, ils ne savent rien. À ce titre, je n'ai vraiment pas d'autres plans que de mettre une pizza congelée dans le four et de boire quelques bières en regardant le football américain à la télévision.

J'ai l'impression que Jackson s'apprête à me répondre, mais il y réfléchit et retourne dans le vestiaire. Je surprends l'un des professeurs de sport en train de me regarder et je lui adresse un doigt d'honneur.

Il rit.

— Mec, c'est la troisième invitation pour Thanksgiving que tu déclines. Tu portes une eau de Cologne spéciale ou quoi ?

— C'est la quatrième, et non, aucune eau de Cologne, dis-je en espérant qu'il me laissera travailler sur la composition de l'équipe pour le match de Thanksgiving.

— Je dis simplement que tu reçois une tonne d'invitations. Comment ça se fait ?

Je grommelle.

— Comment pourrais-je le savoir ? Je suis nouveau, dans le coin, tu te souviens ?

Il se lève pour quitter notre bureau partagé.

— Ah, bien sûr, le comité d'accueil. Bon sang, c'était le bon temps. Je me souviens que quelqu'un me déposait un ragoût ou un gâteau fait maison presque tous les jours, quand j'ai emménagé ici. Tu devrais vraiment en profiter avant qu'ils se lassent du nouveau. Enfin, tu es comme une star de cinéma, ici. L'ancien coach des Marinos est venu à Windsor pour entraîner nos gamins. Tu peux exploiter ce filon autant que tu le veux.

— Je ne suis pas vraiment intéressé.

Il ferme la porte derrière lui et me laisse seul. Je partage le bureau avec les professeurs de sport et les autres coachs, ce qui rend cet espace beaucoup plus exigu que ce dont j'avais l'habitude chez les Marinos.

Bien que mes collègues ne me dérangent pas. Simplement, je n'étais pas prêt pour cet ajustement quand j'ai bouleversé toute ma vie et abandonné ma carrière à San Diego pour recommencer de zéro à Windsor, une petite ville paumée dans le Connecticut.

C'était ton choix, Riley. Vis avec.

Je regarde fixement mon téléphone et ignore les notifications qui s'accumulent de la part de mes parents. Qui aurait pu croire qu'au grand âge de quarante-six ans, je jouerais toujours à cache-cache avec eux, tel un adolescent qui a des ennuis ?

Le problème est que je sais exactement pourquoi ils appellent. Ils veulent savoir si je retourne sur la côte ouest pour Thanksgiving et surtout si je vais essayer de sauver mon mariage de vingt-trois ans.

Ils ne savent pas pourquoi Mel et moi avons divorcé, et je n'ai aucune raison de détruire encore une autre relation uniquement parce que la mienne a échoué.

Mel a toujours été proche de mes parents, surtout qu'elle a perdu les siens. Malgré ce qu'il s'est passé entre nous, je ne peux me résoudre à lui enlever ça.

Je chasse toute pensée sur Mel, mes parents et mon ancienne vie avant d'attraper mon manteau lourd.

L'hiver dans le Connecticut est beaucoup moins agréable qu'en Californie. Voilà une autre chose qui a changé.

Qu'est-ce qui t'a fait penser que c'était une bonne idée,

Riley ? me demandé-je pour la millionième fois alors que je passe devant l'équipe dans le vestiaire. Nous nous entraînons encore presque tous les jours, bien qu'il n'y ait pas de matchs officiels avant la nouvelle année, à part la rencontre amicale de Thanksgiving, bien sûr.

Cela permet aux gamins de rester concentrés et de ne pas s'attirer d'ennuis. Ou peut-être est-ce simplement bon pour ma santé mentale de me focaliser sur autre chose, plutôt que sur ce bordel qu'est ma vie.

— Coach, vous avez vu ça ? m'appelle l'un des gamins tandis que j'arrive à l'autre bout du vestiaire.

— Vu quoi ?

Alors même que je pose la question, je vois de quoi ils parlent. Sur tous les murs se trouvent des feuilles de papier sur lesquelles sont collés des yeux protubérants. Juste au-dessus, il est écrit *Kit de détection de tremblements de terre.*

Les gamins sautent dans tous les sens et tentent de faire bouger les yeux.

— Retournez dans les douches et habillez-vous. Ça pue comme dans un vestiaire, ici, dis-je pour qu'ils s'activent.

— C'*est* un vestiaire, Coach, me fait remarquer un autre gamin.

— L'odeur n'est pas indispensable. Bon, arrêtez de faire les andouilles avant que je fasse enlever ces posters.

Ils se pressent tous et je souris en franchissant la porte. Les singeries du vestiaire des Marinos me manquent, mais ces gamins concurrencent sans problème des joueurs d'une vingtaine d'années.

Ils sont plus concentrés et bossent plus que ma génération ne l'a jamais fait. C'est une des bonnes raisons pour lesquelles je suis heureux d'avoir déménagé.

Seule une personne pouvait être responsable de ces affiches. La même personne que j'essaie d'éviter comme la peste. Ce qui est un exercice vain, car il semble s'être donné pour mission de mettre le nez dans mes affaires chaque fois qu'il le souhaite.

Aujourd'hui est un exemple typique…

Même si une couche de neige recouvre le sol, l'entraîneur des pom-pom girls et des pom-pom boys, Bubble[1] – dont j'ignore le vrai nom – est appuyé contre ma voiture.

Il ressemble à un burrito humain, enveloppé jusqu'aux yeux de couches de manteaux, de multiples écharpes et de deux bonnets tricotés, dont l'un est orné d'un sapin de Noël.

— Comment puis-je t'aider… ? demandé-je, comme je le fais chaque fois que je m'adresse à lui.

— Bubble. Rien que Bubble, dit-il en insistant sur la prononciation du *B* et en me parcourant du regard de la tête aux pieds.

Ses yeux verts sont si grands et si profonds. Ils sont de la couleur de la forêt tropicale. Étrangement, je n'avais jamais réfléchi à la couleur des yeux de qui que ce soit, auparavant.

— Je suis désolé. Je ne peux pas t'appeler comme ça.

— Pourquoi pas ? Tout le monde le fait.

Je vois le défi dans son regard, mais refuse de mordre à l'hameçon.

— Je ne suis pas comme tout le monde et je préfère appeler les gens par leurs noms.

Il plisse les yeux.

— Bref. Tu as aimé ? demande-t-il en changeant de sujet.

— Qu'est-ce que j'ai aimé ?

— Le cadeau que je t'ai laissé, bien sûr.

Il fronce les sourcils et croise les bras, comme s'il était agacé que je ne comprenne pas immédiatement ce dont il parle. Ce qui est faux, bien sûr

— Difficile de savoir ce qui est un cadeau, parce qu'il y a deux semaines, le mur derrière mon bureau était nu tandis qu'aujourd'hui, j'ai bien du mal à me rappeler la couleur de la peinture sous tous ces posters.

— Si nous n'arrivons pas à trouver notre propre inspiration, nous pouvons la trouver chez les autres.

Je glousse.

— Qu'est-ce qui te fait croire que j'ai besoin d'inspiration ?

— Nous avons tous besoin d'un peu d'inspiration une fois de temps en temps.

J'ignore quoi penser de la manière dont il me sourit. Visiblement, il a sincèrement envie que je croie à tous ces mots qu'il a collés sur le mur derrière mon bureau. Il sort alors une boîte de son sac de sport.

— Tiens. Je l'ai préparé pour toi.

— Pourquoi ?

Il souffle et marmonne dans sa barbe tout en me tendant la boîte :

— *Tu n'avais pas besoin de cuisiner le plus délicieux des Shaabiyat remplis de crème juste pour moi, Bubble. Mais je vais le prendre quand même et dévorer chaque bouchée de ton orgie gastronomique, celle que tu as préparée spécialement pour moi.*

Je le dévisage avant d'éclater de rire.

— Tu viens de dire *orgie gastronomique* ?

— Ouvre la boîte et tu le découvriras.

Je m'exécute et suis immédiatement aguiché par le parfum d'orange, de rose et de pâte feuilletée beurrée.

— Qu'est-ce que c'est ?

— Je te l'ai dit. C'est un Shaabiyat. J'ai trouvé la recette sur un blog.

— Un sha… quoi ?

— Peu importe. Mange un morceau et dis-moi que le goût ne te donne pas l'impression que les flamboyantes années soixante font leur retour dans ta bouche.

Je hausse un sourcil.

— Qu'est-ce que tu connais des années soixante ? Tu n'es qu'un gamin.

Il secoue la tête et grince des dents.

— Oh Coach, Coach, Coach… Je pourrais te montrer tout ce qui fait que je ne suis certainement pas un enfant. Tu n'as qu'un mot à dire et je t'offrirai un ticket gratuit pour devenir Membre du Club Privé de Bubble.

Je ricane.

— Tu te mets le doigt dans l'œil.

Il me parcourt une nouvelle fois du regard, de mes paupières à la pointe de mes chaussures. Mon manteau d'hiver me semble subitement trop chaud alors que le regard de Bubble se pose une nouvelle fois sur le mien. Je me sens exposé, de bien des manières que je ne peux expliquer ou comprendre.

— Ah bon ? demande-t-il d'une voix suave.

Je jure que ma verge réagit.

C'est quoi ce délire ?

C'est peut-être à cause du froid. Il me monte à la tête.

— Je devrais rentrer chez moi, dis-je en montrant ma voiture.

Il me contourne et laisse un effluve de fraise derrière lui.

— Pense à moi quand tu lécheras la crème…

Il désigne d'un signe de tête la boîte que je tiens. Il se dirige ensuite vers l'intérieur du bâtiment pour son entraînement de pom-pom girls avec une confiance étrangement captivante.

Ce gamin ne doit même pas avoir la trentaine, mais il marche et parle comme s'il comprenait le monde entier et qu'il n'avait qu'à s'en saisir.

2

BUBBLE

Je frappe dans mes mains pour attirer l'attention de tout le monde.

— Très bien, mes cupcakes flexibles, réussissons parfaitement cette pyramide comme si vous étiez une glace à l'italienne.

— Celle qui fond au soleil et qui rend vos mains poisseuses et couvertes de crème glacée? demande l'une des élèves.

Toute l'équipe s'esclaffe. Même Justin, l'entraîneur assistant. Je lui donne un coup de coude et il ricane.

— Non, nous voulons une bonne base robuste, un beau tourbillon et des cerises parfaites sur le dessus. Vous êtes prêtes, les filles?

Tout le monde se met en formation et je lance la musique. Une mélodie avec un rythme régulier envahit la grande pièce. Cette routine n'est pas nouvelle, mais j'ai apporté une légère modification à la fin. Je sais que cela les poussera hors de leur zone de confort, mais j'ai foi. Nous nous concentrons sur les levers pour la pyramide, aujourd'hui, ce qui ne sera pas simple pour eux.

Il nous faut tout le temps de l'entraînement pour y arriver, mais ils finissent par le faire. Je n'en doutais pas.

Un an auparavant, ce lycée n'avait même pas d'équipe de pom-pom girls. Et désormais, ils sont sur le point d'atteindre le niveau nécessaire afin de concourir lors des nationales de cheerleading au niveau lycéen s'ils le souhaitent.

— Réunissez-vous autour de moi, mes petits muffins merveilleux, leur crié-je en éteignant la musique.

Ils s'asseyent tous sur le tapis et s'avachissent les uns contre les autres en reprenant leur souffle. Chacun semble à la fois épuisé et enthousiaste. C'est le meilleur sentiment du monde. Après de bons ébats, bien sûr. Mais je ne peux le leur dire, autrement, je serais renvoyé.

— Bien, pouvez-vous me dire sur quoi vous devez travailler ?

— On tremblote encore, répond Terry.

J'acquiesce.

— Comment pouvons-nous arranger ça ?

Ils regardent autour d'eux, comme si la personne à côté d'eux détenait la réponse, ce qui est le cas.

— Vous êtes une équipe et vous devez avoir une confiance totale en vos coéquipiers. Mary, Selina, Hannah et Petra, les garçons vous retiendront et vous rattraperont si vous chutez. Mais si vous ne leur faites pas confiance, vous ne tomberez pas comme il faut, ce qui veut dire que vous pourriez les blesser. S'ils ne vous font plus confiance, ils auront peur de ce que vous ferez potentiellement une fois en haut. Vous comprenez que ça peut mal tourner ?

Ils hochent tous la tête.

— Une équipe. Cent pour cent de confiance. Maintenant, dites-moi ce qui s'est bien passé, leur demandé-je. Quelqu'un peut me dire ce qui s'est bien passé ?

— Personne n'est tombé et ne s'est brisé le cou, dit Sasha.

— C'est vrai, mais partons sur quelque chose d'un peu moins dramatique.

— Je n'ai pas eu besoin d'appeler l'infirmière, marmonne Justin à côté de moi.

— Allez. Il y a un an, vous ne saviez même pas faire la roue. Regardez-vous maintenant, vous réussissez parfaitement une pyramide de vingt personnes. Je veux entendre des applaudissements pour ça ? crié-je en sautillant sur place.

Ils se lèvent et applaudissent. L'énergie est électrique. Je m'en imprègne comme s'il s'agissait de mon propre soleil.

— Très bien, très bien, nous continuerons de travailler par section cette semaine et nous ferons un test complet vendredi. Vous êtes partants ?

— Oui, Coach ! hurlent-ils.

— Je n'ai pas entendu, insisté-je en posant ma main sur mon oreille.

— Oui, Bubble !

— C'est mieux. On se voit demain.

Alors que les gamins partent dans le vestiaire, Justin me montre la scène qu'il a filmée avec sa tablette.

— Je crois que Taylor a besoin de se reposer. Regarde son visage, ici. Il souffre clairement, mais il ne veut pas laisser tomber l'équipe, m'explique-t-il en rembobinant le clip jusqu'au moment où Petra saute du haut de la pyramide.

On ne remarquerait pas la douleur de Taylor, à moins de la rechercher.

— Tu peux lui en toucher un mot ? demandé-je.

— Bien sûr. J'ai revu quelques clips précédents, pendant l'entraînement, et j'ai vu que rien d'autre ne clochait. Je crois qu'ils ont simplement besoin de plus de temps sur le tapis.

— Tu peux m'envoyer ce que tu as ?

— Bien sûr.

Nous nous dirigeons tous les deux vers le bureau des entraîneurs, en passant par le vestiaire.

— Ton kit de détection des tremblements de terre me fait rire chaque fois que je passe devant, me dit-il.

— J'ai des moments de fulgurance.

Il me donne un coup dans l'épaule.

— Tu as plus que ça, Bubble. Depuis que tu es arrivé, c'est comme si cet endroit était illuminé de bonheur et de joie. Je sais que ça semble cucul, mais c'est vrai. Les enfants sont concentrés et ils travaillent dur. Même les profs. Ils ne parlent que de toi.

Je ris.

— C'est parce que je leur prépare des gâteaux. Tout le monde adore les gâteaux.

— C'est vrai.

Je songe à l'entraîneur maussade de football américain, qui ne sourit visiblement que lorsqu'il coache son équipe.

Enfin, ce n'est pas comme si je le regardais. D'accord, c'est arrivé une fois, quand j'ai oublié mon porte-clés porte-bonheur Sailor Moon dans le bureau et que j'ai dû revenir le chercher à l'école.

J'aurais dû savoir, quand un abruti de service a tenté de griller un feu rouge juste devant moi, qu'il me manquait mon porte-bonheur. Ce n'est que lorsque j'ai voulu le toucher, par habitude, que je me suis rendu compte de sa disparition.

Après avoir couru au bureau pour attraper le porte-bonheur, j'étais en train de retourner vers ma voiture quand j'ai entendu les encouragements et j'ai alors vu le coach courir sur le terrain de football américain avec ses joueurs. Il portait ce short moulant qui dévoilait ses épaisses cuisses musclées et j'ai failli mourir sur-le-champ.

Le porte-bonheur Sailor Moon s'est encore une fois révélé comme l'objet qui me procure le plus de chance, car cela doit être le moment de ma vie où j'ai le plus bavé devant un homme. Étant donné que je passe une bonne partie de mon temps à reluquer des mecs, cela en dit long sur les qualités des attributs du coach.

Justin s'en va pendant que je passe quelque temps à parcourir les vidéos qu'il m'a envoyées. Même si je ne travaille qu'à temps partiel à l'école, j'ai mon propre bureau, positionné idéalement face à celui du coach Dempsey.

D'accord, je l'ai peut-être légèrement décalé. Mais personne n'a dit que je n'en avais pas le droit, alors j'imagine que ce n'est pas grave.

J'envisage d'ajouter une autre citation inspirante à sa collection, mais je crois qu'il pourrait me tuer, alors il vaudrait mieux attendre Noël. Qui sait, il est peut-être l'une de ces personnes qui aiment Noël.

Tout le monde aime cette fête, n'est-ce pas?

Je tends la main pour décrocher mon téléphone lorsque j'entends la sonnerie de Lady Gaga que j'ai choisie pour ma meilleure amie.

— Juju, ma poupée, ne me dis pas comme il fait chaud, là-bas, parce que je ne suis pas loin de me transformer en esquimau humain saveur fraise. Personne ne m'a prévenu que le Connecticut se trouvait dans le cercle polaire.

Elle rit et ce bruit chaleureux me réchauffe de l'intérieur.

— Je n'ai pas besoin de te le dire, chéri. Tu as grandi ici et tu sais comment revenir, aussi.

— Ne commence pas…

— Je n'ai rien dit. C'est toi qui as commencé. Bref… Je me demandais si tu venais pour Thanksgiving, cette année, comme tu as manqué la fête, l'année dernière.

Je tire sur l'ourlet de mon pull rose. Il s'élime légèrement et comme j'ai tiré dessus, il s'effiloche encore un peu plus.

— Je ne peux pas, Juju. Nous avons un match.

Le soupir provenant de l'autre bout du fil me fait sentir extrêmement coupable.

— Bubble, l'année dernière tu venais tout juste d'accepter ce boulot dans ce café, Spilled Beans. Cette année, tu es devenu coach en plus de ça. Tu reviendras un jour à la maison ?

Non ?

— Bien sûr que oui, idiote. C'est juste que je passe de très bons moments ici, dis-je avant de m'exclamer. J'ai une excellente idée… Non, oublie ça, j'ai une idée *exceptionnelle*. Pourquoi *tu* ne viendrais pas pour Thanksgiving ? Tu peux assister au match et on passera ensuite le week-end à manger notre poids en gâteaux et à regarder des films, d'accord ?

— Je ne peux pas, chéri. On s'entraîne pour une compétition. Je pourrais essayer de venir pour Noël.

J'essaie de ne pas laisser transparaître la déception dans ma voix. Elle me manque tant.

Depuis le décès de ma grand-mère, Juju est mon unique famille. Nous n'avons pas de lien du sang, mais cela pourrait aussi bien être le cas, tant nous sommes proches.

— Je n'oublierai pas. Comment ça va, sinon ? demandé-je, bien que je ne sois pas sûr de vouloir le savoir.

— Nous allons en finale nationale, comme on s'y attendait.

Je perçois l'excitation dans sa voix et j'essaie vraiment de ne pas être jaloux à l'idée de ne plus faire partie de ce monde.

— Évidemment. Je parie que vous allez gagner. Encore.

Elle glousse avant de s'arrêter et de soupirer longuement.

— Tu devrais être là, avec nous, Bubble.

— Oui, mais je ne suis pas là, et il est inutile de pleurer au-dessus de paillettes renversées, parce que c'est merdique à nettoyer, ensuite.

— Comment peux-tu être si positif, après tout ce qu'il s'est passé ? Après ce que ce serpent infidèle t'a fait ?

— Je suis sincèrement heureux, ici, Juju. Tu sais que j'ai toujours adoré pâtisser avec ma grand-mère, alors ce boulot à Spilled Beans, à Chester Falls, est parfait. Mon patron,

Indy, laisse libre cours à mon imagination en cuisine, surtout maintenant que son mari et lui ont un enfant et qu'il veut passer davantage de temps chez lui. Et j'adore entraîner l'équipe de cheerleading, aussi. Je fais les deux choses que j'aime le plus. Pourquoi ne serais-je pas heureux ?

Le prix du Meilleur Menteur revient à… Bubble ! Et la foule applaudit…

— J'imagine que tu as raison, répond-elle.

— Alors, ramène ton cul guilleret ici, à Noël, autrement… l'avertis-je. Mais apporte d'autres couches de vêtements en plus de tes couches supplémentaires, parce que sérieusement, ma sœur, cet endroit en hiver, c'est comme un glaçon sous stéroïdes.

Lorsque nous raccrochons, je me retrouve dans un état étrange où je ne suis pas triste, mais je ne suis pas non plus heureux. Suis-je treureux ?

Chaque jour où j'arrive à l'école pour entraîner l'équipe de pom-pom girls et pom-pom boys, je me concentre sur eux. Je souhaite leur enseigner toutes les leçons que j'ai apprises en tant que cheerleader.

Même quand ma confiance a été brisée et même quand j'ai été brisé, j'ai appris quelque chose. Parfois, les leçons sont douloureuses, mais les sourires les plus sincères viennent de ceux qui ont vécu et appris à apprécier les moments qui les font sourire.

Et s'il y a bien une chose que Bubble sait faire, c'est sourire.

J'attrape mes trois écharpes et les enroule autour de mon cou avant d'enfiler mon manteau pour partir.

Le Bubble du passé a été un super-génie, comme il s'est gardé un Shaabiyat à manger plus tard. Quant au Bubble du présent, il va courir jusqu'à chez lui pour prendre un bain avant de se faire plaisir avec ce dessert libanais bien sucré.

Merci mon Dieu, le sucre et les blogs de pâtisserie existent.

Une fois encore, mes pensées sur le Coach emplissent mon esprit. Je me demande s'il a goûté le Shaabiyat et ce qu'il en a pensé.

Je parierais mon porte-clés Sailor Moon qu'il est le genre d'hommes qui aime la crème. Il aime la lécher avant de manger la pâtisserie.

Et rien qu'avec ça, je bande.

Génial.

3

COACH

Le four sonne quand j'allume la télé sur la chaîne sportive.

Je vais manger une pizza, boire une bière et regarder un match de football américain après avoir gagné le match de Thanksgiving avec mon équipe ce matin. On ne fait pas mieux que ça.

Je pose une part de pizza sur une assiette et retourne dans le salon, espérant voir le reste du match des Bears contre les Lions.

Je remonte légèrement le chauffage et m'assieds sur le canapé, posant mes pieds sur la table basse.

La pizza est correcte. Ce n'est pas la meilleure que j'ai mangée, mais étant donné que je ne sais pas du tout cuisiner et que je n'ai pas mis le feu à la cuisine, elle fait l'affaire.

Je ne peux m'empêcher de me moquer de moi-même, car je coche tous les stéréotypes du célibataire en un seul après-midi, mais après tout, je n'ai jamais eu la chance d'être célibataire et de faire tout ce que je désirais.

Je bois une gorgée de la bière et termine la part de pizza avant de tendre la main vers la suivante.

La sonnette résonne et je m'y reprends à deux fois pour

encaisser le coup. Je ne suis pas assez amical avec qui que ce soit à Windsor pour qu'on me rende visite chez moi. Je ne crois pas que quiconque à l'école sache où j'habite.

Je coupe le son de la télévision et m'approche de la porte d'entrée. Avant même que j'aie eu la chance de réagir à la présence de mes visiteurs inattendus, je suis enveloppé par les bras minces, mais forts, de ma mère tandis que son parfum floral familier envahit mes sens.

— Maman. Papa. Que faites-vous ici ?

Je l'embrasse sur le sommet du crâne et la relâche. Mon père m'étreint d'un bras et me tapote le dos en entrant avant que je ferme la porte pour éviter de laisser pénétrer le froid. Il n'est pas très tactile. Ma mère s'est toujours occupée de tous les câlins et les caresses pour eux deux.

— Eh bien, nous ne pouvions pas te laisser passer Thanksgiving tout seul, n'est-ce pas ? explique maman en passant devant moi comme si elle était déjà venue ici.

Elle s'exclame en voyant ma pizza – à laquelle il manque une part – et ma bière sur la table basse.

— Riley John Dempsey, ne me dis pas que c'est ton dîner de Thanksgiving.

Oh, elle adore prononcer mon nom entier. Je regarde mon père pour qu'il m'aide, mais il est commodément distrait par les murs nus de ma maison presque vide.

— Maman, j'avais un match ce matin et je vis seul. En plus, tu sais que je ne sais pas cuisiner.

— Jeff, va chercher ce qu'on a apporté. Je t'avais dit que nous en aurions besoin, dit-elle à mon père qui connaît le topo après près d'une cinquantaine d'années de mariage.

Elle retire son manteau et le pose sur le canapé.

— Où est ta cuisine ?

Elle avance dans le couloir qui mène à la chambre et je n'ai pas du tout envie qu'elle voie cette pièce. Si elle est déçue par mon choix de dîner, elle n'arrêtera jamais d'en parler si elle constate que ma chambre n'a rien d'autre qu'un lit et une commode. Sans parler d'un tas de linge par terre dont j'étais censé m'occuper ce week-end.

— Maman. Arrête.

Elle s'interrompt.

— Mais que se passe-t-il, bon sang ? Vous ne vivez pas franchement au coin de la rue, donc vous ne passez pas par hasard. Pourquoi ne pas m'avoir prévenu de votre arrivée ? lui demandé-je en la guidant vers la cuisine.

La tristesse sur son visage me touche et je l'attire dans mes bras.

— Je suis désolé, maman. Je ne voulais pas être méchant. Je suis ravi que vous soyez là. Mais c'est une surprise, tu vois ? Je n'ai même pas acheté de dinde.

Papa revient avec quelques sacs de course à la main.

— Nous non plus, nous n'avons pas acheté de dinde, mais au moins, nous pouvons organiser un dîner digne de ce nom, me répond maman. Emmène-moi jusqu'à ta cuisine pour que je prépare notre repas pendant que nous rattrapons le temps perdu.

J'abandonne l'idée de regarder le match de football américain et jette un coup d'œil en biais à ma pizza désormais bien triste. Malgré le choc provoqué par l'arrivée inopinée de mes parents, je suis heureux qu'ils soient là.

Papa nous suit dans la cuisine avec les sacs et attrape une bière dans le frigo avant de repartir dans le salon pour me laisser avec ma mère. Au moins, l'un de nous pourra regarder le match.

— C'est une belle cuisine, Riley. Mel l'aurait bien aimée.

— Maman…

— Désolé, chéri. C'est l'habitude.

J'essaie de ne pas prendre sa réflexion à cœur et je la laisse trouver tout ce dont elle a besoin pour préparer le dîner qu'elle nous cuisine. Je reste en retrait et attends qu'elle me dise quoi faire.

— Elle continue de passer toutes les semaines et de demander de tes nouvelles, m'informe-t-elle.

— Je suis content que vous gardiez de bonnes relations, maman. Vous avez toujours été proches et je détesterais qu'elle te perde, mais il n'y a aucun retour en arrière possible pour nous. Tu dois le savoir.

Ma mère me donne la planche à découper, le couteau et quelques légumes. Inutile de me donner des instructions. Nous avons déjà fait ça à de nombreuses reprises par le passé.

— Je sais, chéri. Je pense simplement qu'après toutes ces années, c'est vraiment dommage. Vous étiez si bien, tous les deux. Avez-vous vraiment cessé d'être amoureux ?

— J'aime que tu me poses cette question, mais il s'est passé beaucoup de choses. Nous ne nous sommes pas seulement éloignés.

Elle pose le couteau dont elle se servait pour émincer le poulet sur la planche à découper et se place face à moi.

— Tu sais que tu n'es pas enfant unique par choix, n'est-ce pas ?

J'acquiesce. Nous avons eu cette conversation par le passé, quand Mel et moi avons rencontré des difficultés de conception. Elles avaient discuté du fait que mes parents avaient tenté de me donner un frère ou une sœur, mais que ça n'était jamais arrivé.

— Je sais comme c'est difficile d'avoir un tel désir d'enfant et tout tourne alors autour de ça. Parfois, on se perd un peu, me dit-elle. Je le voyais dans les yeux de Mel.

Je prends une profonde inspiration pour me calmer.

— Maman, on peut éviter de parler de ça ? Rien ne changera ce qu'il s'est passé. Mel et moi, nous avons divorcé.

— C'est juste que… Je ne l'ai pas vu venir. Vous étiez toujours si heureux, ensemble.

— C'est vrai, maman, mais ça n'a pas fonctionné. N'en parlons plus.

Elle soupire d'un air résigné.

— Très bien, mon chéri. Je souhaite simplement que tu sois heureux.

— Je le sais, maman.

Nous travaillons en silence jusqu'à ce que l'odeur de la cuisine de ma mère réveille mon estomac. J'ai l'impression d'avoir mangé cette pizza il y a un million d'années.

Je mets la table tandis qu'elle présente les plats avec les légumes et la purée. Elle sort également le ragoût du four.

— Qui aurait pu croire que mon dîner de Thanksgiving serait un vrai repas? Ça, c'est une bonne raison d'être reconnaissant, plaisanté-je.

— Riley? m'appelle maman quand je rapporte les boissons. Je te promets de te laisser tranquille à partir de maintenant, mais je veux savoir. Es-tu heureux?

Je regarde maman dans son pull en cachemire blanc et son jean, avec son carré blond et sa belle peau lisse. Elle ne ressemble clairement pas à une septuagénaire.

Nous avons toujours été très proches et étant donné que j'ai passé ma vie sur un terrain de football américain entouré par des mecs de type alpha, je suis content de discuter avec ma mère. Elle sait s'y prendre pour me donner l'impression d'être équilibré.

— Suis-je heureux? J'y travaille. Pour la première fois de ma vie, je me fais passer en premier, ce qui est agréable. Simplement, je ne sais pas à quoi ressemble le bonheur, pour l'instant.

Elle arrive à ma hauteur et m'embrasse sur la joue.

— Tu le sauras, quand ça arrivera.

Une part cynique de moi pense que ça n'arrivera jamais, mais une autre espère que ma mère a raison. Après tout, j'ai déjà passé la majeure partie de ma vie dans une relation basée sur un mensonge. J'adorerais avoir la chance de découvrir le sentiment que cela me procure d'être avec quelqu'un qui me fréquente pour moi. Et non pour des mensonges.

— Le dîner est prêt? Ou on attend le prochain Thanksgiving?

Maman et moi rions à cause de la réplique annuelle de papa. Nous répondons en chœur.

— C'est prêt.

Le repas est merveilleux, ce que j'aurais pu prédire. Ma mère a toujours été une excellente cuisinière. Nous discutons de tout ce qu'il s'est passé à la maison, sur la côte ouest, et je leur raconte ma nouvelle vie ici, à Windsor.

— Je sais que vous m'aimez et que je suis votre fils préféré, mais venir ici depuis San Diego pour un repas, c'est un peu exagéré. Qui va cracher le morceau, leur demandé-je?

Le sourire de maman s'élargit et elle regarde mon père.

— Ta mère n'arrête pas de me harceler pour que nous allions sur l'une de ces baignoires flottantes, depuis que j'ai pris ma retraite, alors j'imagine qu'on va tenter l'expérience, m'explique-t-il.

— Maman, tu veux bien traduire?

— Nous allons faire une croisière de Noël pendant un mois. Nous partons de New York la semaine prochaine et nous arriverons dans les Caraïbes pour Noël. Nous espérions que tu te joindrais à nous à Saint-Barthélemy. Tu as des jours de vacances à Noël, n'est-ce pas?

Je dévisage mes parents tour à tour. Deux personnes qui ont à peine voyagé hors de leur État, car ils ont toujours prétendu qu'il était inutile d'aller ailleurs alors qu'ils avaient la plage sur le pas de leur porte, partent maintenant pour une croisière d'un mois?

— Je… ne sais pas quoi dire… Ça ne ressemble pas vraiment à ce que vous avez l'habitude de faire, remarqué-je. Enfin, c'est sécurisé? Vous avez une bonne assurance voyage?

— Riley John Dempsey, ne m'oblige pas à te montrer à quel point ma main est encore forte, me menace ma mère.

Je me lève et récupère les assiettes.

— Désolé, maman. C'était déplacé. Je pense que c'est une bonne idée et que vous allez bien vous amuser. En revanche, je ne peux pas vous rejoindre. J'ai prévu de me rendre dans le chalet que j'ai acheté près du lac, à Stillwater.

— Tu veux dire, ce vieil endroit miteux que tu nous as montré en photo il y a quelques mois ? demande ma mère, inquiète. Est-ce qu'il est chauffé, au moins ?

— Oui, maman. Il y a une cheminée et j'ai suffisamment de bois. Merci de reconnaître que je suis un adulte et que je peux prendre soin de moi.

Elle hausse un sourcil.

— Était-ce de la pizza sur ta table basse, en guise de dîner de Thanksgiving ?

— Elle tire… et marque, ironise mon père en arbitrant la dispute comme il le fait depuis que je suis gamin.

Ma mère a toujours raison.

— D'accord. Mais je veux juste aller là-bas, travailler dessus et me détendre.

J'attrape les assiettes à dessert et la tarte que je réservais pour plus tard.

— Oh, quelle est cette tarte qui m'a l'air merveilleuse ? Je sais que tu ne l'as pas faite toi-même et elle ne vient certainement pas d'un magasin, constate maman.

— Un collègue de travail me l'a préparée. C'est une tarte à la citrouille.

— Peu importe qui elle est, elle s'est donné beaucoup de peine pour toi, mon cher.

— Il.

— Pardon ?

— Il. La tarte a été préparée par le coach de l'équipe des cheerleaders.

Ils continuent de me dévisager et je me rends compte que je ne suis pas plus clair que précédemment.

— C'est un homme.

— Oh.

Ils échangent un regard que je ne comprends pas.

— Qu'y a-t-il ? Beaucoup d'hommes pâtissent. Je crois que Bubble travaille dans un café avec le propriétaire qui est aussi pâtissier.

J'ignore pourquoi je ressens le besoin de le défendre, surtout quand on pense qu'il me tape sérieusement sur les nerfs avec ses citations motivantes et son parfum de fraise.

— Il n'y a rien, chéri. Nous nous demandions juste pourquoi ton ami n'est pas là pour partager cette tarte avec toi.

Je hausse les épaules.

— Il l'a simplement laissée sur mon bureau. Je crois qu'il s'est donné pour mission de me faire grossir ou quelque chose de ce genre, parce qu'il n'arrête pas de me donner des trucs à manger. Je ne connais même pas très bien ce mec.

Maman et papa échangent un autre regard et plongent leur fourchette dans leur part de tarte.

Comme pour toutes les autres pâtisseries que m'a offertes Bubble, la tarte à la citrouille est divine.

Je dois vraiment lui demander pourquoi il fait ça. Mais s'il arrêtait ?

Ou pire. Et si je devais me confronter à cette étrange sensation au fond de mon estomac, chaque fois qu'il est dans les parages ?

Il vaut mieux se contenter de manger la tarte. Ouais.

4
___

BUBBLE

— Un espresso noir comme mon âme et un triste cupcake aux pépites de chocolat, tout de suite, dis-je à l'une des habituées de Spilled Beans.

La cliente me dévisage et cligne des yeux.

— Souhaiteriez-vous autre chose ?

— Puis-je avoir un *joyeux* cupcake aux pépites de chocolat ? demande-t-elle en inclinant la tête et en faisant une grimace adorable pour me pousser à sourire.

Ça n'arrivera pas, aujourd'hui.

Je regarde la vitrine devant moi. Tous les gâteaux et toutes les pâtisseries créées par mon patron sont impeccables. Cependant, je ne vois rien de joyeux.

— Non, désolé, ma belle. Mais ils sortent tout juste du four et sont délicieux.

— Laissez-moi y réfléchir, dit-elle.

Je finis sa boisson tandis qu'Indy, mon patron, arrive de la cuisine avec un plateau de biscuits ronds hollandais tout chauds. Leur parfum délicieux de noix de muscade, de clou de girofle, de cannelle et de gingembre le suit.

Cette année, nous avons quelques journées à thème avant

Noël. Nous préparons donc des biscuits et gâteaux venant des quatre coins du monde. C'était mon idée. Une idée fantastique, si je peux en juger par moi-même. Mais Indy l'a également confirmée, donc je peux m'en satisfaire.

Lorsque je sens nos délicieuses pâtisseries et que je regarde la neige devant le café, voyant les passants avec des sacs remplis de cadeaux, j'ai l'impression de vivre à l'intérieur d'une carte postale de Noël.

— Que se passe-t-il ? demande Indy.

— Quoi ? Rien, déclaré-je d'un air évasif.

— Je vais prendre ce cupcake après tout, mon cher, et j'espère que votre journée s'arrangera, dit la cliente quand je lui donne son café et que je pose le cupcake dans une boîte spéciale.

Indy pose le plateau sur le comptoir et je l'aide à transférer les biscuits sur un plus petit plateau dans la vitrine.

Je fais vraiment des efforts, mais j'ignore si c'est la cannelle ou la noix de muscade qui me rappelle ma grand-mère et ses câlins à Noël. Je soupire très longuement.

— D'accord, me dit Indy. Discutons-en.

Il me tire par la main vers l'une des tables et m'oblige à m'asseoir.

— Qu'y a-t-il ?

— C'est le coach. Je n'arrête pas de lui offrir des choses et il ne se passe rien, dis-je en laissant ma frustration transparaître. Je plonge les mains dans les poches à l'avant de mon tablier Spilled Beans.

— J'ai peur de te poser la question. Quelles *choses* n'arrêtes-tu pas de lui offrir ?

Je hausse les épaules.

— Des gâteaux. J'ignore lequel est son préféré, alors je lui ai préparé un gâteau au chocolat, un à l'ananas, un à la vanille, un gâteau d'anniversaire, un cake aux fruits, un gâteau avec du glaçage, un gâteau sans glaçage, des cupcakes, des muffins, des pâtisseries spéciales des quatre coins du monde…

Indy lève la main pour m'interrompre.

— J'ai compris l'idée.

— Il me rend les boîtes dans lesquelles je lui offre ces délicieux gâteaux et tout ce qu'il y a à l'intérieur, c'est un post-it sur lequel il est écrit merci. Il n'y a même pas de confetti en forme de cœur ou de fleurs en papier. *Rien.*

Indy se pince les lèvres et je suis sûr qu'il a envie de rire. Comment peut-il rire devant cette tragédie qu'est ma vie ?

— C'est tout ? demande-t-il.

Je regarde fixement la table et je suis sûr que mon air coupable ne trompera personne, encore moins Indy.

— Je lui ai peut-être aussi acheté quelques cadeaux.

Il me fait signe de m'expliquer.

— D'accord, bon, j'ai peut-être accroché quelques posters avec des citations inspirantes derrière son bureau, au travail. En plus, il n'arrête pas de perdre ses stylos, alors je lui ai donné un pot à crayons.

— Y avait-il quelque chose de gravé sur ce pot ? demande Indy comme s'il craignait la réponse.

Je me mords l'ongle du pouce.

— Euh… Fourre-le dans le mille ?

— Oh, Bubble.

Il tend la main et je la saisis. Il la serre comme s'il allait m'annoncer de mauvaises nouvelles.

— Tu craques pour lui ?

Je ricane et retire ma main.

— Non, bien sûr que non. Pfff. Moi ? Bubble ne craque pas. Je fais craquer la glace pour les milkshakes à la fraise, qui n'attirent pas tous les mecs dans mon jardin, soit dit en passant, mais non… Je ne craque pas… non…

Oh, de qui je me moque ?

Indy hausse un sourcil.

— D'accord, peut-être un peu.

Oh, de qui je me moque? Le faible que j'ai pour le coach fait la taille de mes fesses rebondies – merci aux squats –, mais je m'égare…

— C'est juste que ma grand-mère m'a élevé avec de bonnes manières et elle disait toujours : *Bubble, pour s'attirer les bonnes grâces d'un homme, il faut passer par son estomac.*

Il soupire.

— Ça ne fonctionne que s'il n'est pas hétéro, mon beau. Tu le sais, n'est-ce pas ? À moins que quelque chose ait changé ? Tu m'as dit qu'il était hétéro selon toi, dit Indy.

— On a le droit de rêver, non ? En plus, il pourrait changer d'avis.

Je lève les mains comme si je priais.

— Ne renonce jamais si tu ne passes pas une seule journée sans y penser.

— C'est très pertinent et véridique.

Je me lève et retourne derrière le comptoir. Je suis sûr que nous allons accueillir des clients d'un moment à l'autre, désormais.

— Je suis ravi que tu sois d'accord. C'est Winston Churchill, qui a dit ça, d'après mon calendrier de citations inspirantes.

— Attends, dit-il en me suivant. Donc tu le harcèles plus ou moins pour qu'il pense constamment à *toi,* jusqu'à ce qu'il change d'avis ?

Je tente d'ignorer la pitié dans sa voix.

— Non. Je ne pense qu'à *lui.* Je ne peux pas abandonner jusqu'à ce qu'il m'ordonne explicitement de le laisser tranquille. Tu sais, comme lorsqu'on est obligé d'inviter les vampires à entrer. Je dois être mis à la porte.

Indy rit.

— Seul un homme stupide mettrait à la porte quelqu'un qui lui apporte des gâteaux tous les jours.

Je souris.

— Précisément. Ma grand-mère avait raison. Bref, la semaine libanaise était géniale et la semaine hollandaise se passe bien, jusqu'à maintenant. On va vraiment essayer les gaufres fourrées au caramel ? demandé-je en levant les mains en signe de prière.

Indy lève les yeux au ciel et se mord la lèvre.

— On ne peut pas se permettre de ne pas le faire. Ce serait un péché de priver cette ville de ces belles gaufres fines remplies de ce doux caramel fondu, accompagnées d'une tasse de café.

— Arrête, tu me provoques une érection édulcorée, plaisanté-je.

La cloche au-dessus de la porte d'entrée carillonne et mon sourire s'élargit quand je vois deux de mes clients préférés.

— Monsieur et madame Crawford. Comme c'est agréable de vous voir.

— Bonjour, Bubble, mon cher. Bonté divine, il fait vraiment froid, dehors, s'exclame madame Crawford.

Indy retourne dans la cuisine et me laisse avec eux.

— Inutile de me le dire. J'avais déjà froid avant la fin de l'été. J'ai perdu toute sensation dans mes membres inférieurs à l'automne et je suis presque convaincu de n'être qu'un fantôme glacé ambulant, désormais. Bref, que puis-je pour vous ?

— Nous partons jusqu'au Nouvel An, mais nous ne pouvions pas nous en aller sans manger un ou deux roulés à la cannelle d'Indy, m'explique monsieur Crawford. Sers-nous, Bubble.

— Mon cher, souviens-toi de ce que le médecin t'a dit, l'avertit son épouse.

Je souris, comme chaque fois qu'ils se lancent des avertissements parce qu'ils mangent une fois par mois les gourmandises qu'ils aiment chez Spilled Beans. Je n'ai jamais rencontré mes parents, comme ils sont morts quand je n'étais qu'un bébé, mais j'ai toujours cru qu'ils seraient un peu comme monsieur et madame Crawford. Ils ne se prennent jamais trop au sérieux et profitent simplement de la vie.

Je leur prépare leur café comme ils l'aiment, d'après ce que j'en sais.

— Où partez-vous pour cette aventure, si je puis me permettre de vous le demander, comme je suis un vrai fouineur ?

— Nous faisons le tour de l'Europe. Nous revisitons toutes les villes par lesquelles nous sommes passés lors de notre lune de miel, m'explique monsieur Crawford.

— Mais cette fois-ci, nous allons vraiment les voir, poursuit madame Crawford.

Je glousse et leur donne leurs boissons avant de retourner au comptoir pour prendre les brioches à la cannelle.

— Alors vous ne passerez pas Noël avec votre famille ? leur demandé-je.

— Notre fils et son fiancé emmènent les enfants en Floride, pour aller à Disney World, m'explique madame Crawford, alors nous nous sommes dit qu'au lieu de rester à la maison comme deux vieux schnocks, nous allions vivre notre propre aventure.

Je pose les pâtisseries sur la table.

— Oh, taisez-vous, madame Crawford, dis-je en désignant son pull d'une main. Regardez votre style. Vous êtes intemporelle. Le mot « vieux » n'existe pas dans votre vocabulaire.

— Et vous, mon cher ? Vous faites quelque chose de spécial, pour Noël ?

Je la gratifie d'un sourire radieux.

— À vrai dire, oui. Ma meilleure amie vient me rendre

visite depuis la côte ouest. Je ne l'ai pas vue depuis que j'ai déménagé dans le Connecticut.

— Ça me semble merveilleux. Je parie que vous allez bien vous amuser, me répond madame Crawford.

Je me décourage légèrement.

— Je ne sais pas. Je crains qu'elle trouve cet endroit un peu ennuyant. Évidemment, nous allons regarder une tonne de films de Noël et manger notre poids en gâteaux, mais j'ignore ce que nous ferons d'autre.

Je les laisse déguster leur collation et retourne vers Indy pour voir s'il a besoin d'aide dans la cuisine. Je le trouve en train de sautiller sur place tout en tenant son portable contre sa poitrine.

— Euh… tu fais une crise ? Il faut que j'appelle quelqu'un ? Je devrais te prévenir que je ne gère pas bien le sang, le vomi ou tout ce qui concerne les problèmes médicaux.

Indy se tourne vers moi avec le plus grand des sourires.

— Bubble, mon cher, tu viens juste de gagner deux semaines de congés payés.

Je fronce les sourcils et regarde autour de moi pour vérifier la présence de caméras et m'assurer qu'on ne me fait pas une blague.

— Je… quoi ?

— Tu sais que Tyler fête son premier anniversaire à Noël, n'est-ce pas ? Tate dit qu'il est temps pour nous de prendre des vacances en famille. Nous n'irons nulle part, mais nous fermons Spilled Beans et il déléguera son travail à son collègue pour que nous puissions passer du temps ensemble.

Son visage devient rêveur.

— Tu imagines, on va pouvoir dormir jusqu'à six heures ? Ahhh, le bonheur suprême… Bref, c'est ce qui va se passer. Alors, tu auras des congés payés.

Il prononce cette dernière phrase comme si elle était définitive.

— Merci. C'est très généreux de ta part, Indy.

Et voilà que maintenant, c'est moi qui suis empli de cette énergie nerveuse. Que vais-je faire pendant deux semaines, lors de la pause scolaire ? Même Juju ne viendra que quelques jours.

Je retourne dans la boutique. Madame Crawford se lève et s'approche de moi en agitant un trousseau de clés.

— Mon mari et moi venons d'avoir la meilleure des idées. Aimeriez-vous offrir à votre amie une véritable expérience d'un Noël blanc ? demande-t-elle.

J'ai légèrement le vertige et je suis un peu confus à cause de la nouvelle que m'a annoncée Indy pour mes congés payés. Et voilà que maintenant, madame Crawford me parle d'un Noël blanc. Ai-je mangé quelque chose tout à l'heure que j'ai dû mal à digérer ?

— Je ne comprends pas.
— C'est simple, mon cher. Nous avons un chalet près du lac, à Stillwater. Il restera inoccupé pendant notre séjour en Europe et les enfants seront en Floride. Il est à vous pour Noël, si vous le souhaitez.

Je sens les larmes me picoter les yeux et avant même que je m'en rende compte, j'étreins madame Crawford.

— Merci beaucoup. C'est adorable de votre part et je vous promets que je prendrai grand soin de votre chalet.

Elle m'étreint en retour et j'ai du mal à contenir mes larmes, tant son parfum est réconfortant. C'est la plus belle chose que quiconque ait faite pour moi depuis longtemps.

Mis à part Indy qui m'a offert deux semaines de vacances que je vais maintenant passer dans un chalet au bord d'un lac. Hiip !

5

COACH

— Allez, les gars, encore deux tours. Je n'arrive pas à croire que je transpire à peine alors que vous tombez comme des mouches. Je suis censé être le vieillard du groupe.

— Oui, Coach, mais nous jouons depuis des heures, se plaint Jackson.

— Vous devriez être assez chauds pour ce jogging, alors.

Je cours aux côtés de l'équipe. C'est quelque chose que j'aime faire à l'occasion, à la fin de l'entraînement.

Ma carrière de joueur de football américain a à peine existé, car j'ai toujours voulu être entraîneur. Ainsi, quand j'ai subi une blessure qui a mis fin à ma carrière de joueur, je m'en suis servi comme tremplin après avoir obtenu mon diplôme universitaire. Ça ne signifie pas pour autant que je ne suis pas heureux de jouer.

J'aime être sur le terrain et jouer avec les gamins, surtout quand nous n'avons aucun match programmé et que nous nous contentons de nous entraîner.

Une fois que nous avons terminé, je garde un visage impassible, mais je sens clairement mes muscles travailler. Après tout, j'ai trente ans de plus que ces jeunes.

Je suis ravi que les coachs aient leur propre vestiaire avec une douche, car c'est exactement ce dont j'aurai besoin.

— Allez vous doucher, maintenant. Je vous souhaite un joyeux Noël. N'exagérez pas pendant les fêtes. Faites-moi confiance. Vous le regretterez lors du premier entraînement de l'année, dis-je lorsque nous retournons dans le bâtiment.

— Oh, allez, Coach. C'est Noël, grogne l'un des gamins.

— Ce n'est qu'une journée, aussi.

— Vous dites ça parce que vous n'avez jamais goûté le pain de viande de ma mère, grommelle-t-il. Bon sang, je sens déjà le mois de janvier dans mon corps.

Je ris.

Le vestiaire devient bruyant lorsque les adolescents commencent à parler tous en même temps, à faire les idiots et à plaisanter.

Je ne l'ai jamais avoué à mes équipes, mais je reste souvent derrière la porte, pour écouter les discussions et me demander ce que ce serait d'avoir mon propre enfant.

Serait-il comme ces gamins-là ? Ou peut-être qu'il serait plutôt un rat de bibliothèque, avec le nez dans des bouquins. Peut-être les deux.

Je me dirige vers le bureau des entraîneurs. Il est inutile de penser à une chose qui n'arrivera jamais. Je suis en paix avec cette idée et c'est terminé.

Plusieurs coachs et le professeur de sport se trouvent dans le bureau. Je leur adresse un signe de tête en entrant.

— Je vois que tu as reçu une autre boîte de Bubble, constate l'un d'eux. Comment se fait-il que tu sois le seul à avoir ton propre gâteau alors que nous, nous devons partager ?

— Il doit être spécial, répond l'autre.

— Tu écartes les cuisses ? demande le prof de sport.

Je lui jette un stylo.

— Vous voulez le prendre ? À ce rythme-là, je vais finir

six pieds sous terre avant mes cinquante ans et, croyez-moi, je n'en suis pas loin.

— Non, Coach. Je t'ai vu avec les gamins. Tu arrives encore à faire des tours de terrain avec eux, répond le prof de sport tout en me tapant dans la main avant de partir. Joyeux Noël, tout le monde.

— Je vais prendre une douche, donc si vous partez avant que je revienne, eh bien, j'imagine que je vous souhaite aussi un joyeux Noël, déclaré-je en récupérant mon sac de sport.

— Attends, m'appelle l'un des entraîneurs.

Je m'arrête et me retourne.

L'autre coach lui cogne le bras et secoue la tête en grimaçant.

— Peu importe. C'était à propos d'un truc pour la nouvelle année, mais on s'en occupera en janvier.

— D'accooord…

C'était étrange, mais chacun son truc. Je me retourne et pars en direction du vestiaire.

Nous devons traverser un couloir à moitié plongé dans la pénombre avant d'atteindre le vestiaire et je n'ai jamais compris s'il fallait tout bonnement une nouvelle ampoule ou si c'était censé être normal. Dès que j'ouvre la porte au bout, je suis accueilli par un tourbillon de vapeur.

Je ne vois pas à deux pieds devant moi. Heureusement, je sais que le banc près des casiers n'est pas loin. Je tâtonne donc et pose mon sac de sport dessus.

La personne qui prend actuellement une douche a dû confondre avec un sauna, car moins d'une minute plus tard, mon T-shirt et mon short me collent à la peau.

— Hé, mon pote, tu en as pour longtemps ? demandé-je à celui qui prend sa douche.

Bon sang, il est même difficile de respirer. Je tente de chercher une fenêtre afin d'évacuer la vapeur, mais je n'en trouve pas.

Je ne reçois aucune réponse des douches. Je m'assieds sur le banc en attendant.

— *Dou bi dou in a yellow submarine, yellow submarine...*

Je n'entends que vaguement la mélodie, mais visiblement, celui qui prend sa douche est en train de chanter. Le nuage de vapeur s'estompe après un moment. Avec un peu de chance, sa douche est bientôt terminée.

Quelques minutes plus tard, l'eau arrête enfin de couler.

— Merci mon Dieu, maugréé-je dans ma barbe.

Je ne veux pas être malpoli envers la personne qui se trouve là, mais avait-elle besoin de transformer le vestiaire en scène d'un mauvais film d'horreur pour une simple douche ?

J'ouvre la fermeture éclair de mon sac de sport afin de récupérer ma serviette quand j'entends la voix changer depuis la cabine de douche.

— *Would you still love me when I'm sixty-foo...* merde !

Le mec ne s'attendait clairement pas à voir quelqu'un d'autre dans la pièce, car il s'agite comme s'il essayait d'échapper à un assaillant.

Je ne peux faire qu'un pas en avant et le tenir par les bras afin de l'empêcher de glisser sur le sol carrelé mouillé et de se casser une jambe, voire pire.

— Fichu carrelage glissant et diabolique. J'aurais pu mourir, dit-il d'une voix essoufflée.

— Bubble. Tu vas bien ?

Je regarde fixement ses yeux vert forêt. Son parfum de fraise nous entoure et c'est alors que je réalise que Bubble est nu.

— Donc tu *connais* mon nom.

Ses cheveux rebiquent dans tous les sens et des gouttes d'eau coulent sur sa peau.

Ne regarde pas. Ne regarde pas.

Mais je le fais, car la vapeur a dû me monter à la tête.

Tout ce que je sais, c'est que Bubble est... eh bien, merci

mon Dieu, il n'est pas totalement nu. La serviette qu'il avait autour de la taille est désormais dans ses mains et couvre son… son… merde…

Bubble est mince, avec une taille arrondie qui serait presque féminine sans la traînée de poils bruns menant à son nombril et disparaissant sous la serviette.

Il n'a pas de poils sur le torse, rien que deux tétons roses très pointus.

Ma bouche s'assèche. Je sais qu'il faut que je dise quelque chose, mais curieusement, mon cerveau a coupé toute communication avec ma bouche et je n'arrive pas à prononcer un seul mot.

— Tu aimes ce que tu vois, Coach, demande-t-il d'une voix taquine.

C'est à ce moment-là que je me rends compte que je dévisage mon collègue depuis bien trop longtemps pour que ce soit approprié. Surtout quand ce collègue de travail est plus ou moins nu. De plus, je suis un hétéro qui dévisage un homme gay.

J'attrape mon sac et cours hors du vestiaire, sans m'arrêter avant d'être dans ma voiture.

Même le froid dehors n'apaise nullement l'étrange douleur dans mon ventre. Et pourquoi ma verge est-elle si dure ?

Les hommes ne m'attirent même pas. J'ai toujours été avec Mel, je l'ai aimée et j'ai apprécié les relations sexuelles avec elle.

Je me cramponne à mon volant. Mais que m'arrive-t-il ?

Est-ce à cause du déménagement dans le Connecticut ? C'est peut-être lié à tout ce changement. Ce n'est qu'une réaction physiologique. J'ai peut-être été abstinent si longtemps, désormais, que mon corps réagit devant n'importe quel adulte nu.

Je regarde dans le rétroviseur et vois mes yeux.

— Très bien, changement de plan. On rentre à la maison, on se douche et on prépare nos affaires. Demain, on fera les courses et on partira au chalet. Il faut qu'on quitte Windsor plus tôt que je ne le pensais. Et la preuve, c'est que tu es assis dans ta voiture et que tu te parles comme si tu étais quelqu'un d'autre.

Vie de merde.

6

BUBBLE

Le trajet jusqu'à Stillwater est assez fluide, même avec les récentes tombées de neige. Bubble, né et élevé à Los Angeles, devrait être félicité pour ne pas avoir eu d'accident de voiture et ne pas avoir tué une personne âgée ou un animal sur le chemin.

Il existe une route forestière pour rejoindre le chalet, comme c'est indiqué sur la carte, sur le système de navigation et sur les notes rédigées par monsieur et madame Crawford.

J'arrête la voiture, mais je suis convaincu d'être au mauvais endroit.

— Nom d'un esquimau au chocolat, j'espère que je ne suis pas du mauvais côté du lac.

Je déplie la grande carte que j'ai apportée et la pose sur le volant. Au moins, l'intérieur de la voiture est chaud et agréable.

De mon doigt, je trace la route que j'ai prise de Windsor jusqu'à Stillwater, puis glisse en direction du lac.

Je suis visiblement au bon endroit, mais ce chalet… eh bien… il est bien plus que je ne l'avais présagé.

Quand monsieur et madame Crawford ont mentionné

l'existence d'un chalet au bord du lac, j'imaginais quelque chose de petit et de cosy, entouré d'arbres. Le genre de choses que l'on voit dans les contes de fées.

Mais cet endroit est bien plus qu'un petit chalet confortable à la Hansel et Gretel, dans les bois.

— Eh bien, il n'y a qu'une seule façon de découvrir si c'est bien vrai.

Je mets mon bonnet sur ma tête et tâtonne pour enfiler mon manteau, car je ne suis pas assez stupide pour sortir seulement en pull, bien que la porte d'entrée ne soit pas bien loin.

Je coupe le moteur et brave le froid, dehors. C'est le moment de vérité.

— Mon Dieu, comme tu es dramatique, Bubble.

Je sors la clé de ma poche et l'enfonce dans la serrure. Lorsqu'elle tourne et que la porte s'ouvre, je laisse échapper un petit couinement.

Je secoue mes bottes pour en chasser la majeure partie de la neige avant d'entrer.

Ce que je vois quand j'ouvre totalement la porte est le pays merveilleux et magique de mes rêves. Je me souviens de fermer la porte derrière moi uniquement parce qu'il gèle encore. Autrement, je suis hypnotisé par l'endroit dans lequel j'entre.

— Mamie, chuchoté-je. C'est toi qui as fait ça ?

J'attends une réponse du paradis, mais il n'y a pas un bruit.

La porte d'entrée mène à un vaste espace ouvert avec un grand canapé, sûrement le plus confortable que j'aie jamais vu. Il se trouve face à une cheminée, dont je vais devoir m'occuper si je ne veux pas mourir de froid.

Cependant, j'ignore tout cela. Toutes les maisons ont des cuisines, des canapés, des chambres, des plafonds, je ne sais quoi encore. En revanche ce chalet… il est comme si mon monde merveilleux de Noël s'était matérialisé.

Je sors mon téléphone et passe un appel vidéo à Juju.

— Salut, Bubbs, quoi de neuf? demande-t-elle sans même regarder la caméra. Je suis en train de préparer mes affaires. J'ai tellement hâte. Tu crois que trois paires de talons, c'est trop?

— Juju, chérie, regarde-moi, insisté-je.

Elle attrape son téléphone et alors que je voyais précédemment le plafond de sa chambre, je vois désormais son magnifique visage. Elle porte un haut informe qui tombe sur l'une de ses épaules, celui que je lui ai offert à son anniversaire, deux ans auparavant. Oh, comme les chaudes températures me manquent.

Bref.

— Enlève ces talons de ta valise. Tu n'en auras pas besoin à moins de vouloir prendre le risque de te briser le cou.

— Mais tu as dit que tu m'emmenais dans un endroit près du chalet. Et si je me trouve un bûcheron sexy?

Je ris.

— Tout d'abord, je doute que les bûcherons soient attirés par les talons. Porte ces jeans, tu sais, ceux qui font ressortir tes fesses comme s'il leur fallait leur propre émission télé? Tu attireras l'attention. Et deuzio, ce n'est qu'un dîner. S'il te plaît, dis-moi que tu as acheté des vêtements chauds.

Elle souffle.

— Évidemment.

— Bref, Juju, tu ne vas pas y croire…

Je retourne la caméra pour qu'elle voie la même chose que moi.

— Bordel de merde. Nom d'une guirlande de Noël. C'est un sapin? Il est carrément immense, me dit-elle.

— Je sais. Il doit mesurer au moins deux mètres dix et il

est entièrement décoré. Il y a même des cadeaux en dessous. Ils sont probablement faux, bien sûr, mais c'est si beau.

Je commence à être ému rien qu'en en parlant.

— Je n'arrive pas à croire que monsieur et madame Crawford se soient donné toute cette peine rien que pour nous.

— Je dis toujours que tu as un bon karma, mon sucre d'orge. C'est l'univers qui te rend quelque chose.

— Et regarde toutes les décorations sur les murs et le plafond.

Je fais pivoter mon téléphone jusqu'à ce que Juju se plaigne en disant qu'elle commence à avoir la tête qui tourne.

Je l'emmène faire le tour du reste de la maison avec la chambre principale – où je dormirai – et la seconde chambre qui sera la sienne. Il est clair que les petits-enfants du couple y dorment généralement, car elle est remplie de jouets.

— Très bien, il faut que je décharge la voiture, maintenant, et que je comprenne comment chauffer cet endroit. On se voit dans quelques jours, dis-je en lui soufflant un baiser.

— Je t'aime, chéri.

Je laisse mon portable sur le plan de travail de la cuisine et me prépare à ressortir dans le froid.

Heureusement, les températures ont conservé correctement toute la nourriture, dehors. Je la rentre en premier et remplis le frigo jusqu'à ce qu'il soit plein à craquer. Je me demande un instant si j'ai trop à manger, mais je me contente ensuite de rire. Jamais de la vie.

Je retourne dans la voiture et sors deux sacs plus petits, mais la valise est bien plus lourde, je la laisse donc pour plus tard. Je meurs d'envie de boire une tasse de café chaud.

— Très bien, monsieur et madame C, comment chauffez-vous cet endroit ? demandé-je au couple absent.

Je remarque que la chambre principale possède une cheminée, mais qu'il n'y a pas de bois. J'imagine donc qu'elle est probablement électrique et qu'elle fonctionne avec un interrupteur. Mais en ce qui concerne celle du salon ?

Oh seigneur, dois-je allumer un feu ?

Moi. Bubble. Moi, l'ancien pom-pom boy qui porte surtout du rose, qui sent la fraise et qui voit le monde à travers ses lunettes teintées... je dois allumer un feu ?

— Oh, mamie, ce n'est pas marrant, tu le sais ?

Un bruit de craquement me fait sursauter.

— Et ne me fais pas peur, non plus. Tout le monde sait qu'il n'y a qu'un pas entre la demeure de conte de fées et le chalet de film d'horreur dans les bois.

D'accord, s'ils ont une cheminée, ils doivent avoir des bûches, quelque part.

Première étape : trouver du bois.

Mes pensées me font rire, mais j'enfile mon manteau et mes bottes avant de sortir.

Effectivement, une grande pile de bûches coupées se trouve sous une bâche à côté du chalet. J'en emporte quelques-unes à l'intérieur.

— Première étape terminée.

La seconde étape consiste à allumer réellement le feu. J'attrape mon téléphone et trouve quelques tutoriels. J'en regarde plusieurs jusqu'à comprendre comment fonctionne le principe.

Un panier est situé près de la cheminée. Il contient quelques vieux journaux et de longues allumettes. J'ouvre donc le foyer et commence à empiler tous les éléments. Tout d'abord, les papiers froissés, quelques allume-feux et ensuite le petit bois, c'est-à-dire des bûchettes. Je termine avec les plus grosses.

— Très bien, Bubble. C'est le moment. Tu es peut-être sur le point d'allumer un feu.

Je craque une allumette et la rapproche des journaux

jusqu'à ce qu'ils prennent feu. Lorsque je vois qu'il y a suffisamment de flammes, je referme la vitre devant le foyer.

— Merde, c'était quoi la prochaine étape ?

J'attrape rapidement mon portable, car je vois déjà les flammes mourir.

— Comment Juju a-t-elle pu être à deux doigts de détruire ma cuisine en faisant griller du pain, alors que moi, je suis littéralement en train de faire du feu et les flammes ne vont nulle part ? me demandé-je, frustré.

L'homme de la vidéo parle du fait qu'il faut laisser un peu d'air au feu. Hein ? Quoi ?

— Tu veux que je souffle dessus ? Même *moi*, je ne suis pas aussi doué.

Je regarde les contours de la porte jusqu'à trouver une petite poignée. J'essaie de la bouger et soudain, les flammes se ravivent dans la cheminée.

— Oh mon Dieu ! Oh mon Dieu !

Je me lève et danse sur place.

— J'ai allumé un feu. Tu as vu ça, mamie ? J'ai allumé un feu !

Je sors mon porte-clés Sailor Moon de ma poche et le serre contre ma poitrine en regardant les flammes un moment tout en profitant de cette chaleur. Tant d'émotions me submergent. Je suis heureux de revoir Juju, bientôt. Je suis triste que ma grand-mère ne soit plus avec nous. Je suis chanceux et reconnaissant envers monsieur et madame C, de m'avoir autorisé à passer Noël ici.

Avant que de stupides larmes de tristesse tentent de s'échapper de mes yeux, je me prépare un café et mange une tranche de mon cake au citron. C'est une recette que j'ai obtenue de la part de l'épouse d'un chef britannique bien connu à la télévision. Il fonctionne chaque fois et c'est l'un de mes préférés.

Quand j'en ai terminé, je m'assieds sur le canapé et regarde une fois encore les flammes.

Ces vacances de Noël et ce chalet sont le décor parfait pour m'aider à me reconcentrer et à rassembler mes idées. Je ne pensais pas avoir besoin de le faire, mais depuis que le coach m'a fui, dans le vestiaire, ma confiance est légèrement ébranlée.

Indy a probablement raison. Aucune pâtisserie et aucun batifolage ne poussera le grand et sexy entraîneur presque grisonnant à s'intéresser à moi, si les hommes ne lui plaisent pas.

Pourquoi je choisis toujours les mauvais ?

Alors que la fatigue a raison de moi, je sais que je dois récupérer ma grande valise dans ma voiture, mais il est encore tôt. Je peux faire une petite sieste et m'en occuper plus tard.

Le ventre rempli de café et de gâteau, au milieu de mon beau monde merveilleux de Noël et à côté du feu que j'ai allumé moi-même – hashtag arrogant –, je ferme les yeux et me détends.

J'entends une voiture non loin. *On dirait que je vais avoir des voisins.* Voilà la dernière chose à laquelle je pense avant de m'assoupir.

7

COACH

En plein hiver rigoureux, je dois bien admettre que mon chalet à rénover, près du lac, n'est visiblement pas le meilleur endroit pour passer Noël. Surtout pour quelqu'un qui est habitué aux hivers plus chauds de San Diego.

Néanmoins, deux jours après l'incident avec Bubble, je suis encore abasourdi par l'embarras. Je vais donc accepter ma punition et encaisser le coup.

Comme on dit, ce qui ne nous tue pas nous rend plus forts. Soit je vais mourir de froid, soit je vais avoir de nouveaux poils sur le torse. Ou alors, je pourrais me transformer en bûcheron, car une chose est certaine : je vais avoir besoin de beaucoup de bois pour réchauffer cet endroit.

En parlant de ça, ma première mission est d'allumer la cheminée afin de ne pas mourir de froid. Une fois que c'est fait, je finis d'apporter mes affaires à l'intérieur.

La météo n'a pas l'air très coopérative. Je suis ravi d'avoir apporté suffisamment de nourriture pour tenir un bon moment. Je n'ai certainement pas envie de conduire jusqu'à la ville la plus proche pour faire des courses.

Un léger éclat de lumière brille dans le chalet contigu.

J'imagine que les voisins passent Noël ici aussi. Je parie que leurs conditions de vie seront un peu plus luxueuses que les miennes.

— Ne te plains pas, Riley. C'est toi qui l'as voulu.

J'ouvre une bière et bois une gorgée. J'ai pris la difficile décision d'acheter ce chalet, car personne n'était là pour m'en empêcher. Pour la deuxième fois depuis que je suis devenu adulte – quoi qu'il se soit passé une fois que j'ai signé sur cette ligne en pointillés – je faisais quelque chose pour moi-même. La première ayant été mon divorce.

Le canapé devant la cheminée est vieux, mais confortable, et la couverture que j'ai achetée recouvre les petites déchirures.

Il y a également une table de salle à manger avec deux chaises que j'ai dénichées lors d'un vide-grenier. Une fois qu'elles auront été poncées et revernies, elles seront comme neuves. C'est un boulot d'été, mais elles feront l'affaire pour l'instant.

Je termine ma bière et emporte le sac contenant mes vêtements dans la chambre.

Une fois encore, c'est une pièce modeste avec peu d'espace pour le lit, une commode et un fauteuil dans le coin.

— Oh merde, dis-je quand je regarde par la fenêtre.

Les vieux rideaux donnaient l'impression de sortir tout droit d'une scène de crime, alors je les ai jetés. J'en ai de nouveaux, chez moi, mais je suis certain de ne pas les avoir apportés.

— J'imagine que je me réveillerai avec le soleil.

Après avoir rangé mes vêtements, je retourne dans le salon.

— Bon, voilà. Je suis là pour les deux prochaines semaines, dis-je en décrivant un trois cent soixante degrés pour observer tous les détails.

Au moins, j'ai une tonne de choses à faire pour m'occuper. Je devrais sans doute vérifier le hangar de stockage et m'assurer qu'il n'a pas été cassé pendant mon absence. C'est là que je range mes outils et tout ce dont j'ai besoin pour travailler sur le chalet.

J'attrape mon manteau, mes bottes et mes gants avant de sortir. Ce que j'adore dans mon chalet, et qui semble manquer à tous les autres foyers aux alentours, c'est qu'il est entièrement bordé d'un porche. J'imagine qu'à un moment, les autres propriétaires ont agrandi leurs propriétés et ont seulement conservé leur terrasse à l'arrière, face au lac.

Cela paraît sans doute démodé, mais pouvoir faire tout le tour du chalet est vraiment très charmant. Vous pouvez installer un fauteuil ou un banc où vous le souhaitez.

Vous pouvez suivre le soleil en hiver ou l'ombre en été.

Peut-être que si je reviens à plusieurs reprises pendant le printemps, je peux totalement terminer ce chalet avant l'été. Cette idée me donne une nouvelle motivation.

Je suis ravi de voir que le cadenas du hangar est encore intact. Je l'ouvre et attrape ma boîte à outils avant de refermer.

Lorsque je contourne le chalet pour revenir vers la porte d'entrée, je vois le voisin penché dans le coffre de sa voiture. On dirait qu'il a du mal à en extraire quelque chose.

Je pose la boîte à outils près de ma porte d'entrée et m'approche pour l'aider. Il n'est visiblement pas très grand. Il s'agit peut-être du fils du propriétaire.

— Salut. Vous avez besoin d'aide ? demandé-je.

La neige ralentit très légèrement mes pas. Je me retrouve donc à quelques mètres du mec lorsqu'il sort la tête du coffre.

Des joues roses et un nez rouge à cause du froid… mais ces mêmes yeux vert forêt.

Qui ai-je contrarié dans une vie antérieure ?

— Coach ! s'écrie Bubble avec le plus grand des sourires,

comme s'il venait de croiser son meilleur ami. Qu'est-ce que tu fais là ?

— Je vis ici… Je veux dire… euh, je suis propriétaire du chalet d'à côté.

Merde. Pourquoi ne puis-je prononcer toute une phrase en présence de ce mec ?

— Oh, waouh, c'est… quelle coïncidence ! me dit-il alors que son sourire s'élargit.

Si c'est possible.

Je suis convaincu que si Bubble était connecté à une source d'alimentation, il éclairerait le sapin de Noël du centre-ville de Windsor.

— Enfin, moi, je ne suis pas propriétaire de ce chalet. Tu as vu la taille de ce truc ? Mais je reste là. Je connais le couple le plus généreux et le plus formidable. Ils m'autorisent à passer Noël ici.

Son chalet est clairement de meilleur standing que le mien. De plus près, je vois qu'il a été rénové récemment. Même l'escalier en bois menant à la porte d'entrée semble flambant neuf.

— Tu es venu tout seul ? demandé-je laconiquement avant de me reprendre.

Toutefois, il ne semble pas remarquer mon ton cassant.

Ce que Bubble fait ou ne fait pas ne me regarde pas. De plus, avec un chalet de cette taille, je doute que quelqu'un d'aussi extraverti que lui passe Noël seul.

— Oh, non, ma meilleure amie Juju arrive de Los Angeles dans quelques jours et ce sera génial. Elle n'a jamais vu la neige. Tu imagines ? Elle va tomber raide morte quand elle verra tous ces arbres et ce blanc.

Je suis hypnotisé par Bubble, qui désigne le paysage alentour, perdu dans sa propre bulle. S'il y avait bien un moment où son nom lui conviendrait parfaitement, ce serait maintenant.

— C'est plutôt magique, n'est-ce pas ?
— Oui. Très… bref. J'ai vu que tu galérais.

Il baisse son bonnet sur sa tête. Je me dis qu'il n'a pas été élevé dans un État où il fait froid, car il a visiblement autant de mal que moi à supporter les températures.

— Oh, ouais, il faut que je sorte ma valise du coffre, mais elle est coincée. J'ai dû la pousser tout au fond, à cause de la nourriture que j'ai apportée.

Je devrais retourner dans mon chalet et éviter Bubble à tout prix, mais comme je suis venu aider, je ne peux pas franchement m'enfuir, à présent.

— D'accord, laisse-moi voir.

Je le contourne pour m'approcher du coffre et voir où la valise a été coincée.

Je tente de la déloger, mais elle ne bouge pas d'un pouce.

— Seigneur, qu'est-ce que tu as là-dedans ? Un cadavre ?

— Oui, j'aime bien les avoir avec moi. Ma psychologue dit que j'ai des troubles affectifs.

Je ricane et finis par me cogner la tête à l'intérieur du coffre.

— Merde.

Je pose la main sur ma tête afin de vérifier s'il y a un quelconque signe de sang, mais je crois que je vais simplement finir avec une bosse.

— Au moins, aucun de nous n'est nu, cette fois-ci, constate Bubble.

J'ignore si c'est à cause de la bosse que j'ai sur la tête, des températures glaciales ou des yeux souriants de Bubble – qui sont plus ou moins tout ce que je vois sous son manteau, son bonnet et son écharpe –, mais sa réplique vive me fait rire.

J'en suis surpris et Bubble en est aussi étonné, manifestement, car il me dévisage une seconde de trop avant de me montrer la valise.

— Allez, Coach, sors Jeremy du coffre pour qu'on puisse boire un chocolat chaud auprès du feu, m'encourage-t-il.

— C'est qui, Jeremy ?

— C'est le patron de ma collection de godemichets. Qu'est-ce que tu croyais ? Que j'avais réellement un cadavre là-dedans ?

Je dévisage Bubble, perplexe, car je ne sais même pas quoi répondre à ça.

Je soupire.

— Ramenons Jeremy à la maison, alors.

Bubble applaudit pendant que je secours sa valise.

Il ferme son coffre, et comme la valise semble peser le poids de trois hommes adultes, je l'emmène jusqu'aux marches du porche.

— Seigneur. Comment as-tu réussi à la transporter de ta maison jusqu'à ton coffre ?

— Résilience et détermination, Coach.

Il passe à côté de moi pour ouvrir la porte.

— En plus, un voisin passait par là. J'imagine que j'ai de la chance, avec mes voisins, hein ?

Le chalet de Bubble est clairement mieux que le mien. Il s'enfuirait probablement sur deux kilomètres s'il voyait le vieux parquet taché et le manque de meubles corrects dans le mien.

— Puis-je t'offrir une tasse de chocolat chaud, comme tu m'as aidé ? me demande-t-il.

— Je devrais vraiment y aller. J'ai quelques trucs à faire, chez moi. Mais merci.

Il semble déçu que je décline l'invitation, mais comme je l'ai vu faire à plusieurs reprises avec d'autres personnes, il se remet rapidement à sourire.

Je quitte son chalet et avance vers le mien en récupérant ma boîte à outils avant d'entrer.

La température à l'intérieur est désormais considérablement plus confortable.

Je m'assieds sur le canapé devant la cheminée et songe à Bubble. Il agit comme s'il était en Teflon, mais quelque chose m'indique qu'il y a plus chez lui que ce que l'on peut voir.

Je l'ai peut-être jugé un peu trop rapidement. Cependant, il est difficile de réfléchir correctement quand je suis auprès de ce gars qui a curieusement trouvé un moyen de me bouleverser comme personne d'autre.

J'ai géré des joueurs de football américain, la presse et mon ex-femme. Pas une seule fois, je n'ai perdu mon calme. Qu'y a-t-il, chez cet homme, pour que je sois ébranlé jusqu'à mes fondations, comme s'il avait trouvé la pièce gagnante d'un jeu de Jenga ?

Une tour de souvenirs s'écrase dans ma tête et l'un d'eux surpasse tous les autres.

Ben.

Je ne me souviens pas de la dernière fois où j'ai pensé à lui.

Bubble me fait penser à lui. Ce garçon qui était si spécial, si vivant, si beau, si généreux, si gentil au point d'être bien trop bon pour ce monde.

Ma poitrine est subitement comprimée, mais il est inutile de songer à un passé que je ne peux modifier.

Je sais seulement que je dois être prudent, quand je suis près de Bubble.

8

BUBBLE

Je tourne le sucre d'orge à la menthe dans ma tasse et bois une gorgée de mon chocolat pour le laisser me réchauffer de l'intérieur. Hmm, j'adore le chocolat chaud à la menthe.

Dommage que le coach n'ait pas voulu rester pour en boire un. J'aurais pu le convaincre de dîner avec moi ou de regarder un film de Noël.

Il peut dire ce qu'il veut, mais sa façon de me regarder... Elle me provoque comme un coup de fouet.

D'un côté, il fuit. De l'autre, il me dévisage comme si j'étais un sucre d'orge et qu'il comptait me lécher.

Bien sûr, il a fallu que je gâche tout en étant insolent.

— Tout le monde ne supporte pas ta folie, Bubble. Parfois, tu dois les laisser s'approcher de toi tout doucement.

Je répète ainsi les mots de Juju à voix haute, tel un mantra.

En parlant de ça...

Je pose mon portable sur son support en forme de cœur et passe un appel vidéo à Juju.

Cette fois-ci, quand elle décroche, elle est sur son canapé et tient un verre de vin.

— Qu'y a-t-il, chéri ? Tu crains que je change d'avis et que je ne vienne pas ?

— Je suis ravi que l'un de nous boive quelque chose de plus fort, constaté-je.

Son expression change immédiatement et elle se redresse. La meilleure de mes meilleures amies. Elle est toujours prête à me défendre. Elle est toujours encline à botter le cul de quelqu'un pour moi.

— Oh, Juju, qu'est-ce que je fais ? Il est *ici*. Genre, juste *là*. Tu sais, avant, je ne savais pas où il était quand il n'était pas là, mais maintenant, il est juste *là*, dis-je d'une voix un peu trop théâtrale, même pour moi.

— Tu es aussi logique que quelqu'un qui trempe ses frites dans de la crème glacée, me dit-elle.

— Quoi ? C'est dégueu.

— Hé, ne juge pas. C'était la finale avec les pom-poms girls et je suis mal retombée en descendant de la pyramide. Je me suis fait mal à la cheville et celui-dont-on-ne-doit-pas-prononcer-le-nom se comportait comme un salopard. Je suis rentrée chez moi. J'ai picolé avec ma colocataire. D'où le mélange de frites et de crème glacée qui a suivi.

Je secoue la tête.

— Bref. *Lui*. Tu sais…

Elle me dévisage. Elle plisse ensuite les yeux et c'est là qu'elle comprend.

— Oh ! Ton coach. Compris. Il est là… *là* ? murmure-t-elle.

Je lève les yeux au ciel.

— Inutile de chuchoter. Il n'est pas dans le chalet. Il est dans celui d'à côté.

— Comment tu le sais ? Tu l'as vu par la fenêtre ?

— Argh. Pire que ça, dis-je en me couvrant le visage de mes mains.

— Attends une minute.

Elle disparaît de l'écran et revient un instant plus tard avec un sachet de chips.

— Tu es incroyable.

Elle fourre quelques chips dans sa bouche.

— Non. Je suis juste intéressée et je veux tous les détails pour jouer les entremetteuses quand je serai là.

— Tu ne feras rien de tel, Jordana Silva, dis-je en utilisant son nom complet afin de lui faire comprendre le sérieux de la situation.

Elle rit.

— Vas-y, raconte-moi ce qu'il s'est passé.

Je lui raconte ainsi comment le coach est venu à ma rescousse avec ma valise et comment il a décliné le chocolat chaud si délicieux qu'il est impossible de le refuser, selon moi.

— Attends, tu as parlé de la collection de godemichets avec laquelle tu voyages à l'homme que tu le crois hétéro ?

Je hausse les épaules.

— Oui… ? Je suis une merde.

— Oh, chéri. Tu n'es pas une merde. Tu aimes… trop facilement, c'est tout. C'est faux, à vrai dire. Tu choisis une personne à aimer et c'est tout. Elle est alors à toi. C'est ce qui fait de toi ce que tu es et je ne veux pas que tu changes.

Je me vautre sur le fauteuil.

— Mais je sais que je me mets le doigt dans l'œil, avec le coach. Bon sang, je peux même l'enfoncer jusqu'au coude. C'est juste que parfois, un éclat dans son regard m'indique qu'il désire quelque chose. Simplement, il ne sait pas ce que c'est.

Juju termine son verre de vin.

— Tu connais mon opinion sur la fluidité de l'amour. On ne sait jamais. Peut-être que ton coach ne se rend pas compte qu'il dérive vers toi.

— Peut-être…

Je soupire.

— Je dois y aller, mais tiens-moi au courant.

Elle m'adresse un clin d'œil avant de raccrocher.

J'avance vers la fenêtre qui donne sur le chalet du coach. Les rideaux sont fermés, mais je vois de la lumière passer par un petit interstice au milieu.

Va-t-il passer Noël seul ? Je n'ai pas eu l'occasion de le lui demander.

Dehors, la neige tombe légèrement. Je lève les yeux vers le ciel.

— Qu'est-ce que je fais, mamie ? Pourquoi ai-je l'impression que cet homme en particulier est celui à qui je peux donner mon cœur ? Je sais ce que tu vas dire. *Il est plus âgé et un jour, tu te retrouveras seul une fois encore.* Mais si c'est ma chance d'être heureux ? D'être aimé ? Ça ne compte pas ? Quelques années d'amour à cent pour cent ne sont-elles pas plus importantes que de nombreuses années à cinquante pour cent ?

Je ferme le rideau et me rends dans la chambre principale pour prendre une douche. J'ai toujours aimé les douches vraiment brûlantes, même quand je vivais dans un endroit chaud comme Los Angeles. Curieusement, je me sens plus requinqué ensuite, mais dans ce climat froid, elles me réchauffent vraiment.

Alors que la vapeur monte autour de moi, je ne peux m'empêcher de penser à la manière dont le coach s'est agrippé à mes bras pour m'empêcher de glisser sur le carrelage de l'école.

Sa poigne était forte, mais pas douloureuse. J'aurais aimé qu'il parcoure mon corps tout entier de ses mains.

La chair de poule me recouvre alors que j'imagine comme il serait timide, au début, avant de retrouver sa confiance. Mais ensuite, on ne pourrait plus l'arrêter. Il prendrait les choses en main, me toucherait partout. Je serais à sa merci.

Je tends la main vers le savon afin de me laver. Ma verge est si dure que je sais que quelques caresses suffiront à me faire jouir. C'est tellement malsain. Toutes ces pensées sur un homme que je ne peux avoir…

Mais il y a aussi eu son rire, quand il s'est cogné la tête.

Sa plaisanterie, quand il a dit qu'il ramènerait Jeremy à l'intérieur.

La salle de bain est mon sanctuaire et personne n'a besoin de le savoir, mis à part moi et mon imagination.

J'attrape le savon et en ajoute un peu plus dans ma paume, la recouvrant pour qu'elle soit bien glissante.

Je tends la main derrière moi et cherche mon anus. Je halète quand mon doigt taquine mon entrée.

Que ressentirais-je en étant comblé par son sexe ? Me pousserait-il davantage quand je le lui demanderai ou serait-il toujours doux ?

Dans mon esprit, le coach cherche ma petite boule de nerfs avec deux doigts en sachant exactement comment me faire rejoindre le paradis et m'en faire revenir.

Je regrette de ne pas avoir apporté un jouet dans la douche, mais mes doigts font du bon boulot. J'enroule ma main autour de mon sexe et après quelques va-et-vient, je jouis si fort que je vois des étoiles au fond de mes yeux.

— Baisez-moi jusqu'au pays d'Oz. Si ça, c'est ce que fait le coach de mes fantasmes, le vrai me tuera.

Je termine ma douche et ouvre la fenêtre pour laisser sortir la vapeur tandis que je me sèche.

Une fois que tout est rangé, je referme la fenêtre et m'installe dans le grand lit de la chambre principale.

J'apprécie que la cheminée soit électrique, car je peux la laisser sur un réglage confortable toute la nuit.

Je ne sais pas vraiment ce que je ferai demain. J'avais prévu de décorer le chalet pour Noël avant l'arrivée de Juju, mais comme tout est déjà fait, je devrais commencer à pâtisser.

Le four dans la cuisine est à la pointe, ce qui est un luxe que je ne peux me permettre qu'au travail. Je veux donc en profiter au maximum.

J'ouvre le bouquin que j'ai acheté lors d'une foire aux livres au centre-ville de Chester Falls.

C'est peut-être à cause de mon orgasme récent ou de cette journée remplie par le coach, mais je ne me souviens d'aucun mot que je lis. Tout ce que je sais, c'est que je passe la nuit à rêver du grand homme qui me met dans tous mes états.

Cet homme s'est enraciné dans mon âme et ne veut plus me lâcher.

Bien qu'il ne le sache pas.

Ce qui est une Bubbletastrophe.

9

COACH

Je me tourne et me retourne dans mon lit toute la nuit. Je commence par avoir froid et je récupère donc des couvertures dans le placard du couloir. Ensuite, j'ai chaud et je les repousse donc au pied du lit.

Je n'ai jamais eu de problème pour dormir, de toute ma vie. Mel s'en plaignait. Elle aimait toujours parler de sa journée et me demander comment s'était passée la mienne quand nous étions au lit.

Elle appelait cela des jacasseries présommeil. Mais j'ai toujours été un lève-tôt et comme je suis très actif lors de mes entraînements, je m'endors généralement sans souci.

Étant donné que je n'arrive pas à fermer l'œil, je ferais aussi bien d'entamer l'un des nombreux projets qui m'attendent ici. L'un des avantages de mon mariage avec Mel était qu'elle ne me laissait jamais me relâcher quand il s'agissait d'effectuer les tâches de la maison.

Mon statut de coach d'une équipe de la NFL n'avait aucune importance, pour elle. Qu'il y ait des matchs, des conférences de presse ou des déplacements à l'extérieur, il fallait tout de même que je répare le lavabo ou que j'accroche un cadre photo quand j'étais à la maison.

Ainsi, j'ai beaucoup d'entraînement et d'aptitudes quand il s'agit de gérer les projets de la maison. Sans parler de toutes les années que j'ai passées à aider mon père, quand j'étais adolescent. Visiblement, les femmes de ma vie ont toujours quelque chose en attente.

J'enfile un vieux survêtement des Marinos que j'ai porté plus de fois que je ne peux les compter et je pars vers la cuisine. La machine à café, mon seul luxe ici, remplit une nouvelle cafetière dans le temps qu'il me faut pour pousser le canapé sur le côté afin de m'organiser un espace de travail au milieu du salon.

Cela pourrait attendre le printemps, mais que vais-je faire d'autre, ici, tout seul ?

Me connaissant, je vais commencer à regretter de ne pas avoir accepté l'offre de mes parents de les rejoindre à Saint-Barthélemy, et c'est une pensée bien triste pour un homme divorcé de quarante-six ans.

Je verse le café dans une tasse et bois une gorgée.

— Ahh, bébé, merci. C'est tout ce dont j'ai besoin, dis-je à la machine à café, car elle est actuellement la meilleure relation que j'ai dans ma vie. Alors, que devrions-nous faire aujourd'hui ?

Je regarde autour de moi. Je pourrais m'occuper du sol, mais il faudrait que je déplace plus que le canapé, qui est désormais dans une position encore meilleure, devant la cheminée. Je vais peut-être le laisser là, pour l'instant.

Je pourrais changer les robinets de la salle de bain, mais si ça dérape, je finirais sans doute par prendre des douches glacées forcées. Il vaut mieux le faire au printemps.

— Les placards de la cuisine. C'est décidé.

Ils sont vieux, mais solides. Ils ont simplement besoin

d'être poncés et vernis. Ils auront l'air comme neuf. Je parie que sous cette tache sombre se trouve un bois clair.

Je termine mon café et vais chercher mes outils.

À midi, j'ai poncé l'une des portes et fait la moitié de l'autre. Cela prend plus longtemps que je ne l'imaginais, même avec ma ponceuse portative, car certains des détails complexes que je trouve sur les contours étaient couverts par des années de saleté.

Les retirer avec un petit outil avant de poncer n'est pas marrant, mais le résultat en vaut la peine.

Je finis un sandwich que je me suis préparé pour le déjeuner quand on frappe à la porte.

Inutile de deviner de qui il s'agit. Je dois simplement me préparer à l'imprévisibilité de mon actuel voisin.

J'ouvre la porte et me retrouve immédiatement face à une boîte qui, je le devine, contient quelque chose de comestible. C'est Bubble, après tout.

— Tu as faim ? Je t'ai préparé de quoi déjeuner, me dit-il.

Je le dévisage, confus.

— Bonjour.

Il sourit timidement en tenant la boîte contre son torse.

— Ah, oui. Bonjour, Coach. Comment tu t'appelles, au fait ? Personne ne le dit jamais.

Je hausse un sourcil, mais je ne suis certainement pas sur le point de lancer un affrontement du genre « je te montre le mien si tu me montres le tien ». Surtout pas avec Bubble.

— Je m'appelle Riley. Riley Dempsey.

Il incline la tête sur le côté, comme s'il m'inspectait.

— Hmm, ouais, je l'imagine bien. Tu es un Riley. Mais tu es aussi Coach. Bref. À manger ?

— Non, merci. Je viens de déjeuner.

Il me regarde impassiblement.

— Mais je n'ai vu aucune fumée sortir de ta cheminée.

Je me mords l'intérieur de la joue pour m'empêcher de rire.

— Aux dernières nouvelles, ajouter de la viande froide et de la laitue entre deux tranches de pain, ça ne demande aucun talent culinaire particulier.

— Tu as mangé un sandwich ?

Ses yeux sortent de leurs orbites comme si je venais de commettre un péché capital.

— Oui. Bon, je peux t'aider ? Je suis plus ou moins en train de travailler, là.

— Non, dit-il en soupirant. J'imagine que non.

Il s'en va, marmonnant à propos de la nutrition et de grosses cuisses musclées. J'ignore totalement de quoi il parle, mais je ne vais pas le rappeler.

Je prends une profonde inspiration afin de sentir l'air de la forêt, mais je ne sens que les fraises.

Ma verge s'agite et je claque donc la porte avant d'aller me remettre au travail.

Il y a une télé dans le chalet, mais j'ai besoin de quelque chose de plus bruyant. Quelque chose qui entrera dans mon cerveau et repoussera toutes mes pensées.

J'enclenche la radio au niveau le plus haut et continue de travailler.

Alors que je vois les portes des placards de la cuisine alignées derrière le canapé, je sais que j'ai pris la bonne décision. Il commence à faire nuit, mais je ne peux m'arrêter.

Mes bras sont douloureux et j'ai besoin d'une douche chaude. Plus qu'une, et toutes les portes des placards du haut seront poncées.

Le bois sous la tache sombre est clair, comme je l'avais imaginé. Je ne suis pas un expert du bois, mais si je devais deviner, je dirais qu'il s'agit de pin ou peut-être d'un chêne clair.

J'ai hâte de les réinstaller. Au moins, je n'ai pas une tonne de choses à l'intérieur des placards, donc il ne faudra pas longtemps pour les nettoyer et poncer le cadre.

Mon ventre gronde. Je me prépare un autre sandwich et le mange en quelques bouchées que je fais passer avec une bière tout en reculant. Pour la première fois depuis que j'ai acheté le chalet, je visualise à quoi il ressemblera quand tout sera terminé.

Cette sensation de fierté me prend par surprise. Pendant ma longue carrière, je me suis senti fier de mes accomplissements grâce aux succès de mes joueurs. Que ce soit grâce à une victoire collective ou à un joueur obtenant un contrat pour une plus grande équipe.

Je me suis toujours senti fier des gamins à peine sortis du lycée qui n'avaient jamais quitté leurs parents, mais qui faisaient tout de même de leur mieux. Ils devenaient ensuite de merveilleux joueurs, des hommes extraordinaires, ils donnaient aux œuvres de charité et à leur communauté.

Mais cette chose, dans ma poitrine, elle est nouvelle et je l'aime bien. La prochaine fois que maman me demandera si j'ai trouvé mon bonheur, je peux lui dire que j'en ai localisé une partie.

Avec une énergie retrouvée, je continue de travailler sur les portes jusqu'à ce qu'elles soient toutes poncées. Je me retrouve alors devant une rangée nette de portes de bois clair, prêtes à être vernies d'une teinte transparente.

Je les mets d'un côté et balaye les poussières de ponçage dans la poubelle avant de finir avec l'aspirateur.

— Ça, c'est ce que j'appelle une journée productive. Peut-être que demain, je peux faire une pause dans mon travail et faire le tour du lac. Pour prendre un peu l'air frais et arrêter de me parler à voix haute.

Je crois entendre un bruit sourd. Je baisse donc la musique et entends quelqu'un frapper.

— Bubble, comment puis-je t'aider ? demandé-je avant même que ma porte soit entièrement ouverte.

— Ohh, tu utilises mon nom, constate-t-il.

— Je n'ai pas vraiment le choix, comme je ne connais pas ton vrai prénom.

Il pose un doigt sur son menton, comme s'il y réfléchissait.

— Bientôt, peut-être. Bref, comment savais-tu que c'était moi ?

Je ricane.

— Ça pourrait être un coup de chance, ou alors, je ne connais personne d'autre dans les environs.

Il regarde autour de lui et montre le chalet de l'autre côté du mien.

— Vraiment ? Pourquoi ? Est-ce que ce sont... des gens bizarres ? chuchote-t-il.

— Non, murmuré-je en retour. Je ne les ai jamais rencontrés.

— Oh.

— Bref, comment puis-je t'aider ?

— On dirait que tu as besoin de prendre une douche, constate-t-il.

— Merci ?

— Désolé, c'était malpoli. Je t'apporte le dîner, comme tu as refusé ton déjeuner nutritif.

Je soupire.

— Bubble, tu n'as pas besoin de m'apporter à manger. Je suis plus que capable de me préparer mon repas.

— Tu as mangé un sandwich pour le dîner ? demande-t-il en posant une main sur sa hanche tout en tenant une boîte de l'autre.

— Oui, mais...

— Je n'ai rien à ajouter.

— D'accord. Je vais le prendre, si ça te fait plaisir.

Il me tend la boîte et s'en va.

— Désolé, je dois y aller. J'ai un truc à faire.

Je secoue la tête et entre.

Après une douche qui était bien nécessaire, j'inspecte le contenu de la boîte de Bubble. Je suis choqué de découvrir un repas entièrement préparé avec du poulet grillé, des légumes vapeur et du riz. Même si j'ai mangé mon sandwich plus tôt, j'en déguste chaque bouchée. C'est délicieux.

Comme je me suis levé tôt, que j'ai travaillé toute la journée et que j'ai le ventre plein, je suis fatigué. Je nettoie donc et bats en retraite dans la chambre. Je vais peut-être faire défiler les actualités sportives sur mon portable avant de me coucher.

J'éteins les lumières de la cuisine et alors que je passe devant la fenêtre qui donne sur le chalet de Bubble, je ne peux m'empêcher de regarder dans cette direction.

Ses rideaux sont ouverts et bien que les lumières semblent éteintes, il doit avoir un genre de petite lampe, ou peut-être est-ce l'éclat de la cheminée ?

Il est éclairé par en dessous et il danse.

Je me fige sur place alors que je le regarde bouger gracieusement. Il porte un minuscule haut qui dévoile ses abdominaux et le plus court des shorts que j'ai jamais vus. Sur une femme, je dirais qu'il s'agit d'un mini-short moulant. Mais est-ce la même chose pour les hommes ?

Soudain, il attrape un chapeau sorti de nulle part et fait quelques numéros avec avant de le poser sur sa tête. Il saisit ensuite une chaise. J'ignore d'où elle venait.

Il s'interrompt et je crois qu'il me voit, mais il semble discuter avec quelqu'un.

Il a dit qu'il avait un truc à faire. Quel genre de truc ?

Je n'ai même pas envie d'y songer. Il fait un signe de la main, puis la chaise et le chapeau disparaissent.

Un instant plus tard, il se remet en mouvement, plus

lentement cette fois. Il lève les bras au-dessus de sa tête et fait tourbillonner ses mains.

C'est tellement sensuel. Une main glisse lentement sur l'un de ses bras, vers sa nuque, avant de passer sur sa bouche. Je vois ses lèvres suivre le tracé de ses doigts.

Il se déplace en rythme avec la musique qu'il écoute, perdu dans son monde.

On ne peut douter qu'il est un homme. Pour commencer, il n'a pas de poitrine. Néanmoins, il ne manque pas de lignes et de courbes. Son ventre est ferme, comme on pourrait s'y attendre avec un athlète, mais lorsqu'il se retourne, une courbe immanquable mène à des fesses rondes parfaites.

Je glisse une main sur ma tête. Pourquoi ai-je une telle réaction avec lui ? Est-ce parce qu'il est un artiste ? Un danseur ? Ou est-ce simplement à cause de *lui* ?

Je n'ai jamais regardé un homme en me disant à quel point il était sexy. Bien que, par le passé, chaque fois que Mel faisait un commentaire sur certains de ses acteurs préférés à la télévision, je ne pouvais nier qu'ils étaient attirants.

Merde, je suis trop fatigué et excité. Je n'ai eu d'ébats qu'avec ma main droite en plus d'un an. Mon cerveau est grillé et le parfum de fraise de Bubble doit avoir un genre de mélange puissant avec des phéromones.

Dans mon état semi-flippé, je ne me rends pas compte que Bubble a cessé de danser et me dévisage maintenant à travers la fenêtre.

Naturellement, ma réaction est de m'écrouler sur le sol, de sortir de la chambre à genoux et de faire comme si ça n'était jamais arrivé.

10

BUBBLE

— Bonjour, le ciel. Bonjour, le soleil. Bonjour, les oiseaux dehors. Bonjour, la neige sur les arbres… hmm…

Je m'étire comme un chat sous les couvertures et me blottis une fois encore dans mon monde chaud et cotonneux.

Je regarde l'horloge, mais il est bien trop tôt à Los Angeles pour appeler Juju et lui dire que j'ai surpris le coach en train de me regarder hier soir. Fichu décalage horaire.

— Très bien, cher monde, que devrions-nous faire, aujourd'hui ? À part être incroyable, bien sûr.

Je me lève du lit et lisse les couvertures. Mon pas est accentué de petits bonds et rien ne fera éclater la bulle de Bubble, aujourd'hui.

Étant donné que Juju arrive demain, je vérifie par deux fois que la chambre est prête à l'accueillir. J'ai allumé la cheminée électrique dans cette pièce deux heures par jour afin qu'elle s'acclimate au reste de la maison. Je ne sais que trop bien que le froid semble encore plus mordant quand on n'y est pas habitué.

Je prépare un bol de yaourt avec mes céréales préférées et

une tasse de café avant de faire défiler les actualités sur mon portable.

J'ai reçu quelques e-mails de l'école et les enfants m'envoient des photos de ce qu'ils manigancent pendant leurs vacances de Noël.

Je me dirige vers les grandes portes doubles qui donnent sur le lac et prends quelques clichés pour les renvoyer en guise de réponse.

Une fois mon petit déjeuner terminé, je m'habille chaudement et pars me promener. Une neige fraîche recouvre le sol, mais cela devrait aller tant que je ne m'éloigne pas trop du chalet.

Je débats un moment, me demandant si je devrais solliciter le coach pour qu'il se joigne à moi, mais quelque chose m'indique qu'il se cache encore.

Le chemin qui longe le lac est bien délimité, et grâce aux empreintes de pieds et de pattes de chien, je vois qu'il a déjà été bien emprunté, ce matin.

Cet endroit n'est pas si loin de Windsor, je viendrai donc peut-être en été. Je me demande si monsieur et madame C. me laisseront revenir dans leur chalet. Cette fois-ci, je le louerai, bien sûr.

De nouvelles pensées sur le coach envahissent mon esprit – elles ne partiront jamais.

Je ne doute pas une seconde qu'il me regardait, hier soir. Je ne dansais pas volontairement ainsi pour lui.

Si cela avait été le cas, je lui aurais offert un meilleur spectacle. Toutefois, quand j'ai commencé l'appel vidéo avec un ami afin de lui montrer quelques mouvements chorégraphiés pour son audition, il faisait encore jour et mes rideaux étaient ouverts. Je ne l'ai pas remarqué quand la nuit est tombée.

La musique que j'avais lancée était passée du tempo entraînant de la chanson de l'audition de mon ami à quelque chose de plus doux et j'ai eu envie de balancer mon corps sur cette mélodie.

La plupart du temps, je suis au café, à l'école ou sur la route. J'aime mes deux boulots, mais il me laisse peu de temps pour faire autre chose. Si l'on ajoute mon obsession pour le coach Riley, j'ai encore moins de temps.

Hier soir, je me suis abandonné à la musique. J'ai arrêté de réfléchir et j'ai simplement ressenti. C'était beau. Et j'ai alors ouvert les yeux et vu le coach qui me regardait depuis sa fenêtre.

Il semblait perdu tout en me scrutant. Je me suis donc demandé s'il m'observait réellement. Lorsqu'il a disparu derrière la fenêtre, j'ai su que j'avais raison.

Désormais, tout ce que je veux savoir, c'est s'il a aimé. Et je crains sérieusement que la prochaine phrase qui sortira de ma bouche le repousse encore plus.

Je m'arrête et lève les yeux vers le ciel, couvert de nuages de neige.

— Mamie, tu dois me donner un coup de main, cette fois. Si c'est le bon, j'ai besoin de quelque chose. N'importe quoi. Allez, c'est Noël, et tu me dois déjà quelques cadeaux depuis que tu es partie, il y a plusieurs années.

Quand je retourne dans mon chalet, il est presque l'heure de déjeuner. Je prends donc une douche brûlante et me prépare ensuite une boisson chaude ainsi que quelque chose à manger.

Je me sens revigoré après ma balade et je pense donc que je vais préparer la pâte pour les biscuits de Noël cet après-midi.

Le chalet a une télé, mais je n'ai pas envie de regarder quoi que ce soit. J'allume la radio des Crawford sur la station locale.

Une mélodie de Noël envahit le chalet et je tourbillonne

en alignant les ingrédients dont j'ai besoin pour préparer la pâte à cookies.

Il n'y a pas de mixeur, dans le chalet, mais ce n'est pas un problème comme j'ai apporté le mien, au cas où. Je l'installe sur le plan de travail et c'est à ce moment-là que je me rends compte que je ne porte pas mon tablier. Je préférerais ne pas mettre de la farine sur mes vêtements.

Je sifflote la mélodie qui passe à la radio quand mon portable sonne.

Je l'attrape d'un air absent et vois le message de mon ami.

Bubble, je t'en dois une. J'ai assuré pendant l'audition et ils m'ont offert un rôle. Je vais être danseur dans une comédie musicale new-yorkaise.

Je vais tuer ce petit salaud. Mes doigts volent au-dessus du clavier alors que je tape ma réponse.

Brandon, espèce de petit sournois, pourquoi ne m'as-tu pas dit que c'était ÇA que tu visais ?

La bulle indiquant qu'il répond apparaît immédiatement.

Parce que tu aurais été plus nerveux que je ne l'étais. De cette manière, j'ai eu le Bubble pur et sans retenu. Et ça a fonctionné. Tu devrais vraiment venir à New York.

Je souris.

Non. C'est trop grand pour moi. Ma bulle éclaterait trop rapidement et il ne resterait plus de Bubble.

Je vois une nouvelle fois la bulle de conversation. Pendant qu'il tape sa réponse, je cours rapidement jusqu'à ma chambre afin de récupérer le tablier dans ma valise.

Alors que je reviens, je jette un coup d'œil dehors et vois de la fumée sortir de l'une des fenêtres du chalet du coach.

Oh merde. Merde. Merde.

Je glisse mes pieds dans mes bottes, sans prendre la peine de les attacher, et je cours aussi vite que possible. Je frappe à la porte.

— Coach ? Tu es là ?

Personne ne me répond.

Argh, est-ce que je peux enfoncer la porte ? Enfin, je sais faire quelques cascades de pom-pom boys, donc je peux toujours essayer.

Je frappe une nouvelle fois.

— Riley ! Coach ? Est-ce que ça va ?

Je frappe si fort sur la porte que lorsqu'elle s'ouvre, je tombe en avant et atterris avec les mains sur un torse. Un torse nu et poilu.

Mamie, je ne savais pas que tu en étais capable, mais merci. C'est le meilleur des Noëls.

Je recule, relâchant à contrecœur ce torse *oh* si délicieux. C'est là que je remarque qu'il n'a qu'une serviette autour de la taille.

N'hyperventile pas, Bubble. Et pour l'amour de tout ce qui est sucré, ne... regarde... pas.

Je lutte contre moi-même devant l'homme de mes rêves à moitié nu. Il ignore totalement que s'il me demandait de rouler sur le ventre et d'aboyer, je le ferais.

Et bien sûr, je regarde. Qui ne le ferait pas ?

Il a une bosse des plus parfaites sous cette serviette. Je me mords la lèvre.

— Qu'est-ce qui ne va pas ? Pourquoi frappes-tu à ma porte comme si c'était la fin du monde ? demande Coach.

J'ouvre la bouche pour parler, mais c'est comme si la connexion entre la partie de mon cerveau qui formule mes mots et celle qui leur ordonne de sortir était brisée.

— Tu peux éviter de me dévisager ? me demande-t-il.

— Je suis désolé... euh... J'ai vu de la fumée... Il y avait...

Je montre l'endroit où de la fumée disparaît par la fenêtre.

— ... de la fumée.

Il se gratte la tête, ce qui contracte ses pectoraux et tue les deux dernières cellules de mon cerveau.

— J'ai mis des tartines dans le grille-pain avant d'aller me doucher. Il s'est coincé et ne s'est pas éteint. Malheureusement, une tartine brûlée dégage beaucoup de fumée, alors j'ai ouvert la fenêtre pour la faire sortir.

— Oh, alors il n'y a aucun risque immédiat que ton chalet parte en fumée, plaisanté-je.

— Pas aujourd'hui. Écoute, je me sens un peu déshabillé, là. Ça ne te dérange pas ? me demande-t-il en montrant la porte.

— Non, ça ne me dérange pas du tout. J'imagine qu'on est quitte maintenant, Coach. Bien que…

Je fais un pas en avant et chuchote :

— Ma serviette me cachait beaucoup moins que toi, alors tu m'en dois encore une, dis-je avant de le gratifier d'un clin d'œil.

— Dégage, me lance-t-il avec un ton sec.

Il me surprend tant que je recule et manque de trébucher sur les lacets de mes bottes.

Je cours vers mon chalet.

Lorsque la porte est fermée derrière moi, je ferme les yeux et sens chaque bribe de ma fierté qui a été esquintée. Je tire ensuite les rideaux devant la fenêtre qui donne sur le chalet de Coach.

Mon téléphone déborde de notifications et je me rappelle que j'envoyais un message à Brandon avant de voir la fumée. J'ai reçu plusieurs SMS inquiets, ce que je ne comprends pas. Je fais donc remonter la conversation là où je l'avais laissée.

Je sais que tu n'auras pas envie de voir ça, mais je me suis dit que tu le verras partout au journal, alors autant que ça vienne d'un ami. Clique sur le lien et appelle-moi après si tu veux en discuter. Je t'aime xx

Je clique sur le lien dans le message en dessous, ce qui

m'emmène sur un site d'actualités sportives. Je manque de tomber à genoux quand je lis le gros titre.

Harley Bruce marque l'histoire en devenant le premier pom-pom boy de la NFL.

Je parcours l'article dans lequel le journaliste raconte brièvement l'histoire de la carrière de cheerleading de Harley qui l'a mené jusqu'à ce moment en particulier.

Ce qu'il ne mentionne pas, c'est tous les mensonges qu'il m'a racontés, du moment où je l'ai rencontré jusqu'à ce qu'il détruise mon rêve.

11

COACH

Cet homme m'embrouille depuis que je l'ai rencontré. Ces putains de citations motivantes. Ce putain de pot à crayons. Tous ces putains de gâteaux.

Même quand je suis venu à l'endroit que j'ai acheté, pour être seul, il est encore là.

J'ai passé toute la matinée à couper du bois, car c'était l'unique activité que je pouvais faire afin de dépenser un maximum d'énergie. Ce n'est que lorsque mon dos a commencé à me tuer et que mon estomac a réclamé à manger que je me suis arrêté.

Toute la matinée, je n'ai pas réussi à me sortir de la tête l'image de Bubble en train de danser et j'avais déjà passé une nuit agitée lors de laquelle il semblait être le personnage principal de mes rêves.

Ensuite, il s'est une nouvelle fois pointé pour vérifier ce non-incendie que j'ai causé en laissant le grille-pain sans surveillance cinq minutes.

Je m'habille et jette quelques ingrédients entre deux tranches de pain. Il faut que j'apprenne à cuisiner si je veux manger plus que des sandwichs pour le déjeuner et des plats surgelés pour le dîner.

Mon portable sonne et je décroche sans regarder qui m'appelle.

— Quoi ?

— Riley John Dempsey, est-ce ainsi qu'on répond à un coup de fil, encore plus quand il provient de ta mère ?

Merde.

— Je suis désolé, maman. Je n'ai pas réfléchi. Je passe seulement une mauvaise journée. C'est tout. Comment se passent vos vacances ?

— C'est merveilleux. Nous t'appelons seulement parce que nous avons entendu parler au journal de la météo, là où tu es, et qu'on s'inquiète. On dirait qu'une horrible tempête vient à ta rencontre.

Avec toutes ces pensées sur Bubble et mon travail sur la maison, je n'ai pas allumé la télévision depuis des jours.

— Je regarderai le journal tout à l'heure. Ne t'inquiète pas. J'ai suffisamment de nourriture et du bois pour me tenir chaud.

Elle relaie le message à mon père.

— Tant que tu vas bien… On s'inquiète pour toi, tu sais ?

Je soupire.

— Maman, je ne suis pas un enfant. Je peux prendre soin de moi.

— Je sais, je sais, mais tu n'as jamais vraiment vécu tout seul. C'est un grand changement.

— C'est un changement dont j'avais besoin et je vais m'y habituer.

Sans parler du fait que j'ai quarante-six ans, bordel.

Seigneur.

— Bref, comment se passent tes projets ? demande maman.

— Eh bien, je remercie papa pour tout ce qu'il m'a appris sur la menuiserie, parce que ma cuisine commence à avoir l'air flambant neuve.

Je ne peux dissimuler ma fierté tandis que je leur raconte mes progrès dans la cuisine et ce sur quoi je travaillerai ensuite.

— Souviens-toi de te reposer un peu, aussi, mon chéri. C'est Noël, après tout.

Sa mention de Noël me rappelle le chalet d'à côté, avec toutes les décorations. Ou plutôt, la personne qui loge à l'intérieur.

— Maman, je peux te poser une question ?
— Bien sûr, chéri.
— Tu te souviens de mon ami Ben ?

Elle marque une pause.

— Oui, répond-elle.

Je perçois la tristesse dans sa voix.

— De quoi te souviens-tu, le concernant ?
— Il était l'une des rares personnes avec une âme spéciale. Ce garçon était si gentil. Il était toujours si joyeux et il n'aurait pas fait de mal à une mouche.

Je me souviens que Ben avait sauvé un jeune oiseau tombé du nid et qu'il avait passé l'après-midi à essayer de grimper sur un arbre pour remettre l'oiseau avec sa famille.

— Pendant un moment, j'ai cru que…

Maman rit.

— Qu'est-ce que tu as cru ?
— Oh, c'est idiot et ça n'a plus d'importance. Je me suis clairement trompée.
— Qu'est-ce que tu veux dire ?

Elle soupire, comme pour dire que c'est une conversation inutile, mais elle répond tout de même à ma question.

— J'ai simplement cru que toi et lui, vous aviez des sentiments l'un pour l'autre, tu vois ? Vous étiez inséparables.

Tu n'arrêtais pas de dire que Ben avait fait ci, qu'il avait fait ça. Mais il y a ensuite eu cet accident horrible et tout a changé.

Mon souffle se coupe.

— Maman, répète ça.

— Quelle partie ?

— La dernière. Tu as cru que j'étais gay ?

Elle soupire à nouveau.

— Je n'en savais rien. Tu gardais toujours tant de secrets, tu ne parlais que de sport. Quand Ben est arrivé, je me suis demandé si, peut-être, tu t'intéressais aux garçons. Quand Ben est mort, tu t'es renfermé sur toi-même et tu n'as plus parlé de quiconque, jusqu'à Mel. J'ai vu que tu étais réellement amoureux et qu'elle était la bonne pour toi, donc je me suis arrêtée là.

Je ne sais pas vraiment comment digérer ce que ma mère vient de dire. Je ne réussis donc qu'à marmonner :

— Merci, maman.

— Eh bien, je ne sais pas pourquoi on a parlé de ça. J'espère que tu vas bien, que tu ne ressasses pas de vieux souvenirs et que tu ne te sens pas triste. Surtout à cette époque de l'année.

Je grogne.

— Maman.

— Oui, oui, tu as quarante-six ans. Je dis ça comme ça. Je m'inquiète encore pour mon fils unique. Bref, je dois y aller. Reste bien en sécurité, mon chéri.

— Au revoir maman. Je t'aime.

Ce coup de fil avec ma mère me laisse paralysé jusqu'à la moelle. Pour la seconde fois de l'année, j'ai l'impression que toute ma vie a été un mensonge. Mais cette fois-ci, tout est ma faute.

Ai-je réprimé mes souvenirs d'enfance ? Est-ce parce que je pleurais la perte de mon ami ? Ou est-ce parce que je ressentais plus de choses que je ne le croyais à son égard et que je ne le savais pas à cette époque ?

Même si Ben se cachait dans les alcôves de mes souvenirs pendant tout ce temps, c'est comme s'il n'était jamais parti, désormais. Avec ses cheveux bruns retombants qui n'adoptaient aucun style, bien qu'il essaie de les dompter. Ses yeux d'un marron luisant qui me donnaient toujours l'impression que nous partagions une plaisanterie secrète tous les deux.

Bubble a-t-il réveillé quelque chose qui restait quiescent en moi ? Ai-je réprimé mes sentiments pour Ben afin de surmonter sa disparition traumatisante ?

— Merde, dis-je à voix haute.

Et qu'est-ce que cela signifie ? Pourrais-je être gay ? Non. J'aimais Mel, et quand nous étions ensemble, je l'ai toujours désirée de toutes les manières. Suis-je bisexuel ? Pansexuel ?

Je n'ai jamais été excité en présence d'un autre homme et j'ai vécu toute mon existence dans des vestiaires bondés d'athlètes désirables selon les normes de quiconque.

Mais je bande quand Bubble est dans le coin. Rien que le parfum de son shampoing à la fraise ou de son gel douche ou je ne sais quoi me rend fou. J'ai bandé en le voyant danser, hier. Son attitude solaire ne manque jamais de me faire sourire, même si j'ai beau essayer de le nier.

Et j'ai carrément bandé tout à l'heure quand je n'avais rien d'autre qu'une serviette. J'étais à deux doigts de dévoiler à Bubble l'effet que me provoque sa présence.

Je soupire longuement.

Ce n'est pas sa faute si je suis aussi perturbé.

Tout ce qu'il a fait, c'est essayer de prendre soin de moi, même quand je ne le lui demandais pas.

Je lui dois des excuses.

Il neige peut-être dehors, mais je m'en moque. J'attrape mes bottes, mon manteau et les clés de l'abri où je range mes outils pour travailler le bois.

Je ne peux préparer un repas pour rattraper mon comportement de salopard, mais je peux faire autre chose.

Trente minutes plus tard – alors que mes noix sont sur le point de se briser en minuscules particules gelées –, j'ai récupéré tout ce dont j'ai besoin et je retourne dans le chalet.

La neige commence à tomber davantage. Mes parents ont peut-être raison et nous sommes effectivement sur le trajet d'une tempête.

Je me demande comment Bubble s'adapte, tout seul, dans le chalet. Il me donne l'impression d'être quelqu'un de sociable, ce qui est la raison pour laquelle il pâtisse pour tout le monde, à mon avis. C'est une bonne excuse pour discuter avec les gens.

S'ennuie-t-il tout seul ? Est-ce qu'il a chaud ?

Il a dit qu'il attendait l'arrivée d'une amie. Vient-elle demain ? Noël est dans deux jours.

Désormais, je me sens coupable d'avoir été captivé par mon propre monde au point de n'avoir jamais vérifié comment allait le sien. Il est venu me voir à deux reprises pour m'offrir à manger. Il est venu quand il pensait que ma vie était en danger et je n'ai même pas demandé s'il savait garder un feu dans la cheminée.

Il n'y a aucun doute sur le vainqueur du prix du trouduc de l'année.

Je mets de côté tout mon travail afin de me concentrer sur mon cadeau d'excuse pour Bubble. Cela me prend le reste de l'après-midi et même la soirée, mais je le termine.

12

BUBBLE

— Très bien, le monde. C'est une nouvelle journée. Assurons-nous de ne contrarier personne. Ne regardons pas le journal. Et Juju arrive tout à l'heure, donc *ouaais*!

Je repousse les couvertures et me lève.

— Et mamie, je ne vais pas te parler aujourd'hui. Enfin, à part à ce moment où je te dis que je ne vais pas te parler. Et si tu dois savoir pourquoi, c'est que lorsque tu m'as donné le coach à moitié nu, il m'a crié dessus. Sans parler des nouvelles reçues à propos de celui-dont-on-ne-doit-pas-prononcer-le-nom.

En accord avec ma nouvelle perspective positive, je devrais également changer les draps. Ce soir, je devrais dormir dans des draps propres et faire de beaux rêves.

Mais tout d'abord, je dois m'habiller et manger mon petit déjeuner.

Je choisis le jean rose moulant qui donne une merveilleuse allure à mes fesses et qui me donne toujours l'impression que je peux gouverner le monde. J'aligne ensuite mes pulls de Noël.

— Lequel devrais-je porter aujourd'hui ?

Le rouge avec les cœurs roses est parfait, mais je ne sais pas vraiment si je suis d'humeur amoureux aujourd'hui. Le vert est… trop vert. J'ouvre à nouveau ma valise et trouve exactement ce que je souhaite porter. Le pull que j'ai tricoté avec ma grand-mère.

Ce n'est pas le plus beau ni le plus parfait, mais il est rose bonbon, il est orné de sapins de Noël et quelque chose m'indique que c'est celui que je devrai porter aujourd'hui. Je l'enfile par-dessus mon T-shirt en coton avec des arcs-en-ciel roses et je quitte ma chambre pour affronter la journée.

Dès que j'arrive dans le salon, je remarque une couche de neige plus lourde que la veille sur la terrasse à l'arrière. Dommage qu'il fasse froid, car j'adorerais m'asseoir dehors. Mais ce n'est clairement pas le moment. Je frissonne en y songeant, bien qu'il fasse chaud à l'intérieur.

J'attends l'arrivée de Juju pour que nous allumions les lumières du sapin de Noël ensemble. Il est si tentant de les allumer un instant, mais je ne le ferai pas, car la grande révélation ne serait donc pas aussi spéciale.

Tout de même, ce sapin est un spectacle si merveilleux que je mange mes pancakes assis en tailleur par terre, devant lui, comme je le faisais lorsque j'étais enfant.

Notre sapin n'était pas comme celui-là. Il était beaucoup plus petit et toutes les décorations étaient faites à la main, transmises de génération en génération. Elles sont toutes dans ma voiture. Curieusement, il ne me semble pas correct de les mélanger avec ces jolis ornements achetés en magasin.

Mais ce n'est pas grave, je réutiliserai les miennes l'année prochaine.

Je lave mon assiette du petit déjeuner et change rapidement mes draps avant de mettre les sales dans la machine à laver avant d'oublier.

— Voilà une chose de faite sur la liste. Bien joué, Bubble d'aujourd'hui.

Je me souviens juste à temps des cookies au chocolat préféré de Juju. Ils doivent refroidir au frigo avant que je les cuise, je devrais donc préparer la pâte maintenant.

Inutile de prendre une recette, pour ça. J'ai regardé tant de fois ma grand-mère préparer ces cookies que même si elle ne m'avait pas donné la recette, je saurais les faire avec mon cœur. C'est aussi facile pour moi que de respirer.

Je mets la pâte à refroidir au réfrigérateur quand on frappe à la porte.

— Nom d'une pâte à gâteau. Mamie, qu'est-ce que tu as fait ?

Il ne peut y avoir qu'une seule personne de l'autre côté de cette porte. Mes mains tremblent alors que j'avance pour aller ouvrir. Je n'aime vraiment pas quand les gens sont en colère contre moi, et hier, le coach était réellement furieux.

— Inspire profondément, Bubble. Il a peut-être seulement besoin de t'emprunter un peu de sucre… ou peut-être qu'il a eu une lobotomie et qu'il a oublié que tu lui as plus ou moins fait du rentre-dedans pendant des mois, d'une manière pas très subtile. Ouais, il a probablement juste besoin de sucre…

On frappe une nouvelle fois.

— Bubble ?

J'ouvre lentement la porte.

— S… salut ? Tu as besoin de sucre ? demandé-je.

Il me dévisage avant de rire.

S'il rit, il n'est peut-être pas si furieux… n'est-ce pas ?

— Non, je n'ai pas besoin de sucre. Mais je dois m'excuser auprès de toi. Puis-je entrer ? demande-t-il.

Je le dévisage. Qu… quoi ?

— Bubble, m'appelle-t-il.

— Oui…

— Il fait un peu froid, ici.

— Désolé. Entre. C'est juste que… commencé-je avant

de rire. Pendant un moment, j'ai cru que tu avais dit que tu étais venu t'excuser. C'est marrant. Je vais te mettre du sucre dans une petite boîte.

Je retourne à l'intérieur et laisse la porte ouverte. Il me suit et je l'entends secouer ses bottes pour en chasser la neige. Lorsque je me retourne, il est là, dans ma cuisine, avec moi. Ses bottes se trouvent près de la porte.

— Tu n'avais pas besoin de retirer tes chaussures, j'aurais pu t'apporter le sucre. Je sais que ces lacets sont merdiques à attacher. On pourrait croire qu'un État qui s'attend à des chutes de neige tous les ans vendrait un genre de bottes qui s'enfilent toutes seules.

— Bubble, m'interrompt-il en me prenant le bras et en me maintenant en place.

Sa proximité est troublante, surtout car cette fois, ce n'est pas à cause de moi que nous nous retrouvons proches.

C'est également agréable quand ses grandes mains tiennent mes bras, comme cette autre fois dans le vestiaire. Le coach est fort, mais tendre, et mon esprit ne peut s'empêcher de penser à d'autres choses.

Est-ce que tout le monde ressent ça ? Est-ce ainsi que les gens savent qu'ils ont trouvé *la* personne de leur vie ? À cause de tous ces picotements, de vos orteils jusqu'à la racine de vos cheveux. De votre pouls qui s'emballe. Et de votre envie d'être près d'eux.

Que se passe-t-il quand vous trouvez la personne de votre vie et qu'elle ne vous trouve pas en retour ? Souffrez-vous pour toujours ? Ce... ce serait tellement triste.

— Hé, Bubble. Où t'es-tu perdu ? On dirait que tu es sur le point de pleurer, constate le coach.

— Oh, nulle part. J'étais juste perdu dans mes pensées. Je ne sais pas pourquoi tu es là. Je suis vraiment désolé pour hier... et tous les autres jours.

Je cesse de le regarder.

Il soupire.

— Viens, asseyons-nous.

Il me guide vers le canapé, ajoute une bûche dans le feu et s'assied à côté de moi.

— On est assis, déclaré-je en énonçant l'évidence.

Il sourit. Néanmoins, son expression mue quand il me regarde dans les yeux.

— J'ai été salaud avec toi et je veux m'excuser. Je n'aurais pas dû te parler comme je l'ai fait hier. Tu t'inquiétais pour ma sécurité, aux dépens de la tienne. Pour l'amour de Dieu, tu n'avais même pas mis de manteau.

— Je suis désolé.

— Non, s'il te plaît, arrête de t'excuser. Tu n'as rien fait de mal.

— D'accord. Puis-je te demander quelque chose ?

— Bien sûr.

— Est-ce que je te mets mal à l'aise ? Genre... Est-ce que je suis trop rentre-dedans ?

Je détourne le regard.

— Trop gay ? ajouté-je.

J'ignore d'où me vient ce courage soudain de lui poser ces questions, mais elles sont là, maintenant, et elles ne peuvent être retirées. C'est peut-être trop d'espérer qu'il dira ce que je veux entendre. Mais si ça ne l'est pas, alors je ne le comprends pas.

Bien sûr, la plupart des mecs hétéros n'aiment pas avoir l'attention des gays, mais il ne m'a pas franchement repoussé. Il ne m'a jamais dit d'arrêter de pâtisser pour lui, il n'a jamais décroché mes posters motivants. Il n'a pas non plus jeté à la poubelle le pot à crayons.

— Quel est ton vrai nom ? demande-t-il.

J'ignore pourquoi c'est si important pour lui, mais je cède.

— Curtis John Merroll.

— Nous avons le même deuxième prénom, remarque-t-il.

Je souris. Quelle information anodine. Pourtant, je sens qu'elle ouvre la porte entre nos mondes afin que nous puissions enfin nous rencontrer.

— Pourquoi Bubble ?

— J'ai été élevé par ma grand-mère. Elle m'appelait Bubble. Elle disait que j'étais constamment dans ma petite bulle. Rien ni personne ne pouvait faire éclater mon bonheur. C'est comme si je flottais grâce au pouvoir de ma propre magie spéciale. Le nom est plus ou moins resté après ça.

Je plisse le nez.

— Et c'est mieux que Curtis, à mille pour cent.

Il rit.

— Merci de me l'avoir expliqué, Curtis.

S'il était quelqu'un d'autre, je le frapperais dans les côtes jusqu'à ce qu'il m'appelle Bubble, mais entendre mon vrai nom, pour la première fois depuis des années, franchir ses lèvres est indescriptible.

Cet homme va réduire mon cœur en poussière et, pire, je vais le laisser faire.

— Tu n'as pas répondu à ma question, dis-je.

Il se penche en avant et pose les coudes sur ses genoux, tout en regardant le feu devant lui.

— Oui, Bubble, tu me mets mal à l'aise, mais pas…

Mon portable sonne, l'interrompant. J'ai envie de le jeter de l'autre côté de la pièce, car j'ai besoin de savoir ce qu'il compte dire ensuite, mais lorsque je vois le nom de Juju s'afficher, je me fige.

Elle est censée être en plein vol, et aux dernières nouvelles, on n'a pas de Wi-Fi en classe éco.

— Il faut que je réponde, dis-je en balayant mon écran du pouce.

Le coach acquiesce.

— Juju, avec qui as-tu flirté pour être surclassée ? demandé-je.

— Hein ?

— Tu sais, dis-je en insistant sur l'évidence. Ton surclassement. Il est super sexy ? Tu as eu son numéro pour le revoir ?

— Bubble, chéri, mon vol a été annulé. Tu n'as pas regardé le journal ? Tout est fermé à cause de la tempête.

Je suis ravi d'être assis, car si j'avais été debout, mes genoux auraient cédé.

— La… tempête.

Elle soupire.

— Tu as pâtissé, chanté des chansons de Noël et totalement oublié le monde, n'est-ce pas ?

— Tu as à moitié raison, dis-je.

— Je suis vraiment désolé, chéri. Je déteste savoir que tu es tout seul, là-bas. Nous pouvons peut-être avoir notre dîner de Noël et ouvrir nos cadeaux ensemble par appel vidéo.

Elle essaie d'avoir l'air optimiste, mais j'entends la déception dans sa voix. Elle oublie que je la connais aussi bien qu'elle me connaît, mais je joue le jeu.

— Oui, bien sûr, faisons ça, répliqué-je.

— D'accord, on se reparle plus tard.

Elle raccroche et je me contente de regarder fixement mon portable un moment.

— Tout va bien ?

Je lève les yeux.

Merde, j'ai oublié que Coach était là. Tout va bien. Tu es fort. Tout ira bien.

— Oui, bien sûr. Mais c'est mon amie. Visiblement, son vol a été annulé, donc elle ne peut pas venir, finalement. Bref, je peux te servir un café ?

Je me lève et avance vers la cuisine avant qu'il me réponde. Il me suit, mais je l'ignore. Peut-être que si je claque des talons, il disparaîtra dans son chalet. J'aurais bien besoin de m'apitoyer sur mon sort l'espace d'un instant jusqu'à pouvoir l'affronter à nouveau afin de terminer notre conversation.

Mentalement, j'énumère ce que j'ai emporté et, malheureusement, je ne crois pas avoir de talons rouges. J'imagine que mes chaussons roses duveteux devront faire l'affaire. Et les gâteaux, bien sûr.

— Bubble, tu vas bien ?

— Bien sûr. Pourquoi je ne...

Soudain, la porte d'entrée du chalet s'ouvre dans un bruit sourd et l'enfant le plus blond avec les yeux les plus bleus que j'ai jamais vus court à l'intérieur.

Il me dévisage et s'exclame :

— Vous êtes notre lutin de Noël ?

13

COACH

La tête du gamin est comique. Il parcourt le chalet du regard et chaque fois qu'il pose ses petits yeux bleus sur quelque chose, il laisse échapper un nouveau cri d'émerveillement.

Un instant plus tard, une petite fille entre en courant et manque de foncer dans le garçon.

— Regarde, Megan, on a un lutin de Noël, lui dit le garçon.

La fille se rapproche et lui répond d'une voix étouffée.

— Tu es sûr que ce n'est pas un inconnu?

— Non, espèce d'idiote. Regarde, il est petit, il porte un pull avec des sapins de Noël *et* il y a des décorations partout.

— Oh ouais, dit la petite fille en scrutant le chalet avant de se tourner vers Bubble. Est-ce qu'il faut qu'on sorte pour que vous finissiez votre travail de lutin? Il fait un peu froid, mais on peut attendre. Est-ce qu'on va avoir des ennuis avec le Père Noël?

Elle tient la main du garçon et l'attire vers la porte, mais il ne bouge pas d'un pouce.

Bubble lève les yeux vers le plafond et marmonne

quelque chose que je n'arrive pas à distinguer avant de regarder les enfants.

— Désolé, les enfants… Je ne suis pas un lutin. Et je ne suis pas petit, non plus, insiste-t-il avant de contourner l'îlot de cuisine avec les mains sur les hanches, d'un air légèrement indigné. Je suis parfaitement formé, merci bien.

Je suis à deux doigts de rire à cause de son commentaire.

— Nom d'un serpent, même son pantalon est rose, remarque la fille.

— Il est génial, n'est-ce pas ? demande Bubble en tournant sur lui-même. Bref, je suis Bubble. Qui êtes-vous ?

— Je suis George, mais vous pouvez m'appeler Gigi et voici ma sœur, Megan.

Je suis presque convaincu d'être le seul dans cette pièce à trouver cette situation un peu… étrange.

Bubble sourit et s'accroupit à leur niveau.

— Vous êtes jumeaux ?

— Non, idiot. Nous ne sommes pas encore de vrais frère et sœur. Nos pères se marient au printemps, m'explique la fille comme si cela éclairait toute la situation.

— Et où sont vos pères… ? commence Bubble.

— Ne vous inquiétez pas. Nous pouvons les distraire, répond George.

— Peut-être qu'ils ne peuvent pas vous voir parce qu'ils sont adultes, c'est ça ? ajoute Megan. Seuls les enfants peuvent vous voir.

— Oui. Ne vous inquiétez pas, ils se font tout le temps des bisous de toute façon, donc vous pouvez finir de déco…

George s'arrête et me regarde.

— C'est qui, lui ? Votre patron ? Il ne ressemble pas à un lutin.

Megan s'exclame.

— Est-ce que c'est… le Père Noël ? demande-t-elle avant de baisser la voix une fois encore. Est-ce qu'il va vous superviser pour être sûr que vous faites du bon travail ? Vous allez obtenir une promotion ? Mon papa a eu une promotion au travail.

— Ton papa travaille pour le Père Noël ? demande Bubble.

Je grogne.

— Curtis, est-ce qu'il t'est venu à l'esprit qu'il fallait interroger ces enfants pour savoir qui ils sont, d'où ils viennent et comment ils ont franchi la porte ?

Bubble me regarde comme s'il était sur le point de déclarer l'évidence.

— Voici Gigi et Megan. Ils vivent probablement dans un des chalets voisins et ils sont entrés parce que tu n'as pas bien fermé la porte.

— Et je suis aussi *probablement* le Père Noël.

Les deux enfants poussent un cri perçant.

— Vraiment ? insiste George.

— Comment ça, vraiment ? Tu vas *vraiment* avoir des ennuis parce que tu n'aides pas ? Vous allez tous les deux en avoir, dit une voix grave avant qu'un grand homme entre dans le chalet en tenant deux grands cartons.

Un mec plus fin, avec des cheveux blonds, entre avec une valise à la main.

— Je n'arrive pas à croire que nous y sommes arrivés, chér…

Bubble est enraciné sur place alors que les deux hommes posent leurs affaires et comprennent lentement qu'ils ne sont pas seuls.

— Papa, dit Megan en tirant sur la main du plus grand homme.

Il s'accroupit à son niveau et elle lui chuchote à l'oreille. Il fronce les sourcils avant de regarder l'autre homme qui s'accroche à George.

— On va voir, ma chérie. Je ne suis pas sûr que nous

ayons assez de place pour... euh... qu'un lutin reste jusqu'à Noël... Ou le Père Noël.

Bubble fait un petit pas en arrière, comme s'il se sentait intimidé ou hésitant, ce que je n'aurais jamais cru voir chez lui. Il semble toujours si confiant et imperturbable.

— Salut. Je ne sais pas vraiment ce qu'il se passe. Qui êtes-vous ? demande-t-il.

— Je suis sûr que c'est plutôt à nous de vous poser cette question, mais pour que ce soit moins gênant, je suis Fletcher Crawford et voici Harrison. Je suis le propriétaire de ce chalet. Et vous êtes ?

Bubble ouvre et referme la bouche en regardant les deux hommes, puis en se tournant vers moi avant de pivoter à nouveau vers ce Fletcher.

— Vous êtes le fil de monsieur et madame Crawford, et son fiancé ?

Fletcher hoche la tête.

Bubble s'affale contre le plan de travail de la cuisine.

— Je suis Bubble. Je travaille au café dans lequel se rendent souvent vos parents, à Chester Falls. Ils m'ont gentiment proposé de rester ici pour Noël. Mon amie devait me rejoindre, mais son vol a été annulé. Ils m'ont dit que vous seriez en Floride.

Harrison secoue la tête et Fletcher semble navré.

— Je suis vraiment désolé. Tout est ma faute. Quand ils ont évoqué leur idée de voyage, nous savions que si nous leur disions que nous comptions venir à Noël, ils annuleraient leurs plans pour rester avec nous. Nous savions à quel point ce voyage était important pour eux, dit-il avant de regarder son fiancé. Alors j'ai inventé un petit mensonge innocent.

— On va à Disneyworld au printemps, hein, papa ? Après votre lune de miel, demande Megan.

— Oui, ma puce. C'est ça.

— On n'a pas le droit de mentir, déclare catégoriquement George. Ce n'est vraiment pas bien, mais papa m'a expliqué que ce n'était pas grave, cette fois-ci, parce que c'était pour aider mamie et papy.

Fletcher sourit à son enfant et je ne peux m'empêcher de sourire également.

— Eh bien, lance Bubble d'une voix un peu trop enjouée. Heureusement que j'ai déjà changé les draps, n'est-ce pas ? Ça ne vous dérange pas si je reste un peu, le temps de ranger mes affaires ? Je vous laisserai tranquille en moins de deux.

Il s'accroupit ensuite à hauteur des enfants.

— Je vais même vous préparer des cookies aux pépites de chocolat avant de partir.

Comme s'il se souvenait que je suis présent dans la pièce, il se tourne vers moi.

— Je suis désolé, Coach. On dirait que je vais partir plus tôt que je ne le pensais. On peut sans doute rattraper le temps perdu quand l'école reprendra... ou quand tu veux ?

— Euh... oui, bien sûr.

J'avance vers la porte afin d'enfiler mes bottes. Je coince les lacets plutôt que de prendre la peine de les attacher, comme je n'ai qu'une courte distance à parcourir jusqu'à mon chalet.

Je jette un dernier coup d'œil à Bubble et m'en vais.

Le sentiment de malaise ne disparaît pas quand j'entre dans la chaleur de mon chalet et que je retire mes bottes. Je regarde autour de moi pour voir toutes les tâches que j'ai à accomplir, mais je n'ai pas envie d'en faire une seule.

Je souhaitais parler avec Bubble et m'excuser. Peut-être apprendre à mieux le connaître, aussi. Qui sait, nous pourrions même devenir amis ?

Le cadeau que je lui ai fait est toujours sur la table de la cuisine. J'avais prévu de le lui donner plus tôt, aujourd'hui.

J'imagine que ce sera un cadeau post-Noël, songé-je en le rangeant.

Pour la première fois depuis que je suis arrivé au chalet, j'allume la télé, mais laisse le volume bas. Cela me fera peut-être oublier le départ imminent de Bubble. Je ne sais pas vraiment pourquoi je déteste l'idée qu'il ne soit pas à côté de chez moi pour Noël.

Ce n'est pas comme si nous devions passer la journée ensemble.

De légères chutes de neige ont repris.

Mon estomac me provoque une sensation étrange, comme si j'avais faim, mais ce n'est pas le cas. Je me lève et avance vers le réfrigérateur, l'ouvre et le referme ensuite, car je ne vois rien que j'aurais envie de manger.

— Mais qu'est-ce qui m'arrive, bon sang?

Est-ce à cause de Ben? De tous les souvenirs qui me reviennent? Est-ce parce que je n'ai pas fini ma conversation avec Bubble?

Curtis.

J'aime son vrai nom. C'est un nom d'adulte. Il a raison. Ça ne lui convient pas autant que Bubble. Je ne peux m'empêcher d'avoir parfois l'impression que Curtis a envie de ressortir, mais Bubble travaille dur pour dissimuler cette part de lui-même.

Ma cafetière commence à crachoter, ce qui me fait sursauter. J'ai oublié que je l'avais mise sur minuteur tout à l'heure, pour avoir du café frais au déjeuner.

Je regarde une nouvelle fois par la fenêtre et constate que la neige tombe plus dru. Bubble tire son immense valise dans l'escalier du chalet et un grand homme le suit.

C'est quoi ce délire? Comment peut-il aller où que ce soit avec cette neige?

Il va se retrouver coincé quelque part ou pire, il va s'écraser contre un arbre ou dans un fossé.

J'enfile une nouvelle fois mes bottes et cours dans sa direction.

— Où vas-tu ?

— Jésus, Marie, Joseph et les trois bergers, Coach. Tu ne peux pas faire sursauter quelqu'un comme ça. J'ai une routine beauté pour ma peau et tu viens de me faire vieillir d'au moins une semaine.

Je m'y reprends à deux fois pour encaisser tout ce qu'il vient de dire et je réussis ensuite à l'ignorer, car il doit entendre raison.

— Tu ne peux pas aller où que ce soit avec cette météo.

— C'est ce que je n'arrête pas de lui dire, intervient le grand homme. Mais il est catégorique, il veut partir. Nous lui avons proposé de rester dans la chambre d'amis. Les enfants peuvent partager le canapé.

Je tends la main.

— Je suis navré, nous n'avons pas été convenablement présentés. Je m'appelle Riley.

— Harrison. Ravi de vous rencontrer.

Je hoche la tête.

— Harrison, y a-t-il des hôtels ou d'autres endroits où Bubble peut rester afin de ne pas être obligé de conduire jusqu'à Windsor ?

— Non. C'est ce que je lui expliquais. La ville la plus proche est Stillwater, d'où nous venons d'arriver. Les routes deviennent déjà trop dangereuses, même pour ceux qui les connaissent bien.

Bubble me fait un signe de la main.

— Allô ? Je suis là et je vous entends. Merci bien. Je suis aussi un adulte et je peux prendre mes propres décisions.

— Et si les décisions que tu prends sont stupides ? demandé-je en élevant la voix. Sommes-nous censés rester en retrait et te laisser te lancer sur la route où tu vas te tuer ?

— Pff, dit-il en agitant la main. Je suis trop beau pour

mourir jeune. Dieu ne me ferait pas ça. Qu'est-ce que tu suggères, en plus ? Tu aimerais partager ton lit avec moi ?

Je le dévisage. Il fait un pas en avant et s'approche suffisamment pour que je sente une fois encore son parfum de fraise.

— Je serai la petite cuillère, si tu le veux.

Son regard s'emplit de défi. Ce qu'il ignore, c'est qu'il défie la personne la plus compétitrice qu'il rencontrera de toute sa vie. Je n'étais pas le coach des Marinos pour rien.

— Oui, c'est exactement ce que je suggère.

14

BUBBLE

Coach attrape la poignée de ma valise et la soulève comme si elle ne pesait rien avant de commencer à marcher en direction de son chalet.

Je regarde Harrison, qui hausse les épaules.

— Ne me regardez pas. La dernière fois que je me suis disputé avec un mec, j'ai fini par tomber amoureux de lui. Je vais vous chercher le reste de vos affaires.

Il retourne dans son chalet et il me faut quelque temps pour encaisser la situation.

Est-ce que Coach vient de dire… ce que je crois… avoir entendu ?

Non, évidemment.

— *Ça doit être à cause du froid. Et plus je reste dehors, plus mon cerveau subira des dégâts. Avant même que je m'en rende compte, je vais imaginer le coach en train de dire que le déjeuner est presque prêt et que nous devons décorer un sapin de Noël,* marmonné-je dans ma barbe.

Harrison revient avec le carton contenant mon mixeur et la majeure partie de mes courses. Il passe devant moi en rejoignant le chalet voisin.

Je me hâte de le suivre, la neige fraîche craquant sous mes bottes. D'accord, ce serait peut-être *vraiment* une mauvaise idée de conduire dans ces conditions, mais je ne peux pas rester avec le coach.

Ce serait à la fois horrible et merveilleux. J'ignore si je peux le gérer.

Bon sang, je ne suis pas sûr qu'il puisse *me* supporter.

Je cours sur les marches de son porche et manque de foncer dans Harrison quand il sort.

— Je reviens dans une seconde avec le reste, m'explique-t-il.

— Si j'avais su que vous étiez si impatient de vous débarrasser de moi, je n'aurais pas cuit les cookies, lui dis-je.

Il rit.

— Dans ce cas, vous auriez dû répondre aux deux petites personnes de mon chalet qui vous prennent encore pour le lutin du Père Noël. J'ignore si je devrais vous remercier ou vous détester, parce qu'il sera impossible de leur avouer un jour que le Père Noël n'existe pas, étant donné qu'ils ont vu un lutin grandeur nature.

Je lève les yeux au ciel et entre dans le chalet du coach.

— Que se passe-t-il, Coach ? D'abord, tu me fuis, ensuite tu viens t'excuser, et maintenant, tu me demandes d'emménager avec toi ?

Je pose les mains sur les hanches, tentant d'avoir l'air indigné. Je sais que la tâche est ardue quand on est habillé de la tête aux orteils en rose, avec des motifs de Noël.

Il m'ignore et remplit deux tasses de café avant de se retourner et de me tendre l'une des deux.

— J'essaie seulement de t'empêcher de te tuer, en mourant de froid, dehors. La parfaite illustration est que tu frissonnes et que tu ressembles à un esquimau à la fraise.

— Je n'étais pas censé rester dehors aussi longtemps. Juste assez pour charger la voiture et partir.

Le coach me montre le canapé. Je m'assieds donc et bois mon café. Harrison entre quelques instants plus tard avec le reste de mes courses, mon manteau et ma plus petite valise.

Je sens mon visage s'échauffer quand je songe à Jeremy au milieu du salon du coach. Il me virera probablement quand il s'en rendra compte, alors je n'en dis pas un mot. Le café n'est pas seulement délicieux, il m'aide aussi à inverser efficacement mes engelures.

— Tu as beaucoup de nourriture là-dedans, dit Coach en regardant dans les cartons.

Je m'affale sur le canapé.

— Je m'apprêtais à cuisiner tous les plats préférés de Juju.

Il range tout ce qui doit être mis au réfrigérateur et laisse le reste sur le plan de travail.

— Je suis navré que la météo ait gâché tes plans pour Noël, me dit-il.

Je hausse les épaules.

— Ça ne devrait pas vraiment me surprendre. Les malchances marchent par trois. C'est ce que ma grand-mère avait l'habitude de dire. Les deux premières sont déjà cochées.

— Hé, dit le coach en s'approchant et en s'agenouillant devant moi. Que se passe-t-il ? Ce n'est pas le Bubble que je… eh bien, que je connais à peine, mais tout de même, ce n'est pas toi. Tu es optimiste. Rempli d'énergie. Rien ne peut t'abattre.

Sa déclaration me fait sourire.

— Tu as raison, Coach. Retournons ce froncement de sourcils dans l'autre sens, n'est-ce pas ?

Je me lève et m'approche de ma valise.

— Où est ta chambre d'amis ?

Son visage se froisse légèrement.

— Je n'en ai pas.

— De quoi ?

— Je n'ai qu'une seule chambre.

Je baisse les yeux vers ma valise.

— Jeremy, les choses vont devenir un peu gênantes.

Je me tourne ensuite vers le Coach.

— Quand j'ai dit… dehors…

Je gesticule pour désigner vaguement l'endroit où ma voiture est garée.

— Tu sais, moi, la petite cuillère…

Coach rit.

— Très bien, alors primo, je suis une grande cuillère géniale.

Peuple de cette gentille planète. C'est officiel. Bubble est décédé.

— Mais ce que je veux dire, c'est que tu peux prendre ma chambre, poursuit-il. Je serai ravi de dormir sur le canapé. Je l'ai fait à de multiples reprises par le passé.

— Oh.

J'ai alors l'impression d'être comme une meringue qui dégonfle comme j'ai cru que Coach pouvait être sérieux. Enfin, je paniquais aussi légèrement à cette idée, mais j'étais surtout empli d'espoir.

Pour passer la nuit avec ces bras musclés enroulés autour de moi… Où dois-je signer ? Qui dois-je tuer ou qui dois-je faire modérément souffrir pour ça ? Je le ferai.

— Absolument pas. C'est ton chalet et tu me rends service en me laissant rester ici. C'est moi qui devrais dormir sur le canapé.

— J'ai une proposition.

— Vas-y…

— Puisque tu insistes autant pour me nourrir, j'échangerai mon lit pour tes repas chauds.

Bon sang. Je ne trouve rien à redire à son raisonnement.

— D'accord, mais si je suis somnambule et que je finis quand même sur le canapé, c'est ta faute, lui dis-je.

— Tu as souvent des crises de somnambulisme ?

Non, mais je n'ai jamais dormi sous le même toit qu'un homme qui a le rôle principal dans tous mes fantasmes salaces, non plus. Je ne suis pas responsable de ce que mon subconscient mijote quand je ne suis pas éveillé.

Je hausse les épaules et désigne ce que je crois être la chambre. Coach acquiesce et je prends donc ma valise avant de faire comme chez moi, pour la seconde fois depuis quelques jours.

Coach change les draps tandis que je range mes vêtements par ordre de couleur, ce qui est facile, car quatre-vingts pour cent sont roses. Je laisse la valise de Jeremy fermée. Le coach n'a pas besoin de voir ce qui se trouve à l'intérieur, à moins de le demander très *très* gentiment.

Lorsque je sors de la chambre, je suis vraiment affamé et étrangement nerveux. Je me demande si le coach me laissera pâtisser.

Je ne le vois pas dans le salon et comme tout cet endroit est assez petit, je n'ai pas besoin de deviner qu'il ne se trouve pas dans le chalet.

Un bruit sourd résonne dehors. Je regarde donc par la fenêtre et le vois en train d'empiler des bûches contre son abri de jardin.

— Nom d'un bûcheron. Cet homme devrait toujours être accompagné d'un avertissement. Et il faut que je prenne une douche froide.

Je baisse les yeux vers mon sexe.

— Tu as de la chance que la plupart de mes jeans soient trop moulants pour que tu te trahisses, espèce de bout de viande accro au coach.

Je m'éloigne de la fenêtre et me prépare un petit sandwich, comme je cuisinerai un bon dîner plus tard pour le coach.

Prendre mes repères dans le petit chalet ne me prend pas

aussi longtemps que dans l'autre. Cet endroit est étrangement cosy, bien qu'il soit dépourvu d'une quelconque touche personnelle.

Il n'y a pas d'éléments de décorations ou de cadres photos au mur. Le canapé semble vieux et usé, mais les placards de la cuisine ont visiblement été rénovés récemment.

— Es-tu un travail encore en cours ? demandé-je en faisant le tour et en touchant les murs nus. Je crois que c'est aussi le cas du coach.

Comme il est encore dehors et que j'ai quartier libre dans le chalet, j'arrange donc les contenus des placards. Clairement, il n'aime pas ou ne sait pas cuisiner, car la plupart des aliments ici sont en conserve. Je jette un coup d'œil à son congélateur et, comme je le suspectais, il est rempli de plats préparés et de pizzas surgelées.

S'il croit qu'il va manger autre chose qu'un bon repas pendant que je reste avec lui, il se met le doigt dans l'œil.

Je lance de la musique sur ma tablette et commence à sortir les ingrédients dont j'ai besoin pour le dîner. Il est assez tôt pour que je fasse cuire lentement le porc et il sera agréablement tendre à l'heure du dîner. Le seul problème est que le Coach n'a qu'un four, donc je ne peux préparer un gâteau en même temps.

— Très bien, faisons plutôt une mousse. Je crois que Coach est un homme qui aime le chocolat. Qu'est-ce que tu en penses, chalet ?

Je chantonne les paroles de la chanson de Noël tout en créant mon chef-d'œuvre chocolaté. Je dois remercier Indy pour la technique qui me permet de préparer une mousse extra-aérienne qui ne loupe jamais.

— Toi, mon beau délice aéré et léger, tu vas fondre dans la bouche du coach et il me suppliera de lui en donner plus.

Je place les ramequins contenant la mousse au frigo

quand l'application d'appel vidéo sonne sur ma tablette. La photo de Juju apparaît sur l'écran et je me hâte donc de répondre.

— Salut, chérie, lui dis-je.

— Salut. Tu es… heureux, pour quelqu'un qui s'est pris un lapin par sa meilleure amie.

Je mets toute la vaisselle sale dans le lave-vaisselle et essuie le plan de travail pour qu'il soit propre.

— Ne me rends pas triste à nouveau. J'ai déjà été bien trop triste, dis-je en boudant et en attrapant la tablette pour l'emmener sur le canapé où je m'installe confortablement devant la cheminée.

— Attends. Tu n'es pas au même endroit. Où sont toutes les décorations de Noël ?

Je m'exclame.

— Oh. Mon. Dieu ! C'est ça, qui manque. Les décorations de Noël. Ne bouge pas, chérie.

— Où veux-tu que j'aille ?

Elle lève les yeux au ciel et je pose la tablette sur le canapé.

En jetant un coup d'œil par la fenêtre, je vois que le coach empile toujours des bûches. Il y en a un grand tas à côté de lui, donc cela lui prendra sûrement un bon bout de temps.

J'enfile mes bottes et attrape les clés de ma voiture.

— Mais que se passe-t-il, bon sang, Bubble ? demande Juju depuis la table.

— Chhhut, lui dis-je. Il ne doit pas nous entendre.

— Qui ça, « il » ?

Je l'ignore et ne prends même pas la peine d'enfiler un manteau avant de sortir.

Le froid mordant me coupe le souffle, mais ce sera rapide. Je cours jusqu'à la voiture et attrape le seul carton que je n'avais pas emporté dans l'autre chalet. Je le rapporte chez le Coach, mais il me manque un élément important…

Le bruit sourd se poursuit, de l'autre côté du chalet, ce qui dissimule parfaitement mes pas alors que j'avance dans la neige en direction du chalet des Crawford.

Je frappe à plusieurs reprises et Fletcher ouvre la porte.

— Euh… désolé de vous déranger. Vous auriez une hache ?

Il me dévisage.

— Oh, je ne tue personne. J'ai seulement besoin d'un sapin.

Il incline la tête et plisse les yeux.

— Un tueur à la hache n'avouerait pas qu'il est un tueur à la hache.

— Avez-vous déjà entendu parler d'un tueur qui va demander une hache dans le voisinage ?

— Pas faux.

— Et franchement, vous connaissez combien de tueurs à la hache qui s'habille en rose ?

Il semble y réfléchir un instant, ce qui est légèrement effrayant. Connaît-il réellement des tueurs à la hache ? Je secoue la tête afin d'en chasser ces pensées ridicules.

— Écoutez, je veux simplement offrir un sapin de Noël au coach. Son chalet est l'endroit le plus triste sur cette Terre. Il lui *faut* de la joie de Noël.

Fletcher entre et, un instant plus tard, Harrison sort. Je recommence à frissonner, bien que ce ne soit pas aussi violent que précédemment. L'adrénaline provoquée par la surprise que je veux faire au coach me tient peut-être chaud.

— Fletch a dit que vous vouliez un sapin ? me demande Harrison.

— Oui. Il ne doit pas nécessairement être grand.

Je suis Harrison dans la forêt à côté de son chalet et dix minutes plus tard, j'emporte le petit sapin de Noël le plus imparfaitement imparfait au chalet de Coach. Il est un peu branlant, certaines de ses épines sont tombées et, honnêtement, il est un peu triste. C'est absolument parfait.

Harrison m'aide à placer le sapin près de la cheminée en se servant d'un pied supplémentaire qu'il avait dans son chalet, puis il s'en va.

— Allô ?
— Merde ! crié-je.
— Curtis John Merroll. Tu ne jures jamais... ou rarement. Ce qui signifie que tu fais quelque chose que tu ne devrais pas faire.

Je récupère la tablette et raconte à Juju les événements de la journée tout en vérifiant rapidement la cuisson du porc. L'odeur dans le chalet commence à être divine.

— Laisse-moi reformuler, dit-elle. Le mec pour qui tu craques, mais qui est hétéro et qui semble te fuir, t'a invité dans le chalet dont il est propriétaire et qui n'a qu'une seule chambre ?
— Oui.
— Chéri, c'est typiquement une mauvaise romance. Fais attention.
— Pfff, dis-je avant de balayer sa réflexion d'un geste de la main. Il ne se passera jamais rien. Il est hétéro. Mais visiblement, on peut être ami et les amis décorent des chalets s'ils pensent qu'ils ont besoin d'être rafraîchis. Quel genre d'ami serais-je si je n'offrais pas à mon ami le meilleur des Noëls ?

Elle boit le reste de son thé et hausse un sourcil.

— Combien de fois peux-tu dire ami en une phrase ? À mon humble avis, la damoiselle proteste un peu trop.
— Et à mon humble avis, il est temps pour toi de partir et de... faire quelque chose.

Elle rit, mais me souffle un baiser et raccroche. Je branche ma tablette au chargeur et récupère le carton contenant les décorations.

Je m'assieds par terre en tailleur, devant le sapin, avec le carton à côté de moi. La dernière fois que je l'ai ouvert, Juju était avec moi. L'année dernière, je n'ai pu me résoudre à le sortir.

— Mamie, il vaudrait mieux que tu aies un plan, parce que mon instinct m'indique que c'est la chose à faire.

15

COACH

J'IGNORE combien de temps je reste dehors, à empiler des bûches sous la bâche à côté de l'abri. Deux choses sont certaines, je n'ai clairement plus froid et j'ai coupé suffisamment de bois pour tenir tout l'hiver si je vivais ici à temps plein.

La sueur coule sur mon front alors que j'attrape les dernières bûches. Je vais les emporter à l'intérieur, pour maintenir le feu en vie. Quelque chose me dit que Bubble ne s'en sort pas bien, dans le froid, chose pour laquelle je compatis.

Je ne sais toujours pas ce qui m'a pris, quand j'ai plus ou moins demandé à Bubble de rester dans mon chalet. Je n'ai qu'une putain de chambre.

Mais ce n'est pas comme si je pouvais le laisser conduire avec cette météo. J'espère simplement que je ne vais pas en venir à regretter ma décision.

La conversation avec mes parents. Les souvenirs de mon meilleur ami d'enfance qui, je commence à le penser, aurait pu être plus si la tragédie n'avait pas frappé.

Tout tourne en boucle dans ma tête.

Tout cela parce que chaque cellule de mon corps réagit lorsque Bubble est dans les parages. Ce qui est carrément agaçant, car la plupart du temps, sa positivité infinie et son bonheur m'irritent carrément.

Je m'assieds sur les marches du porche, même si je sens la neige froide s'insinuer à travers mes vêtements. Une musique de Noël résonne dans le chalet et l'odeur provenant de la cuisine me met l'eau à la bouche.

Je dormirai par terre pour avoir la chance de manger ce que Bubble prépare à l'intérieur.

Alors pourquoi ai-je si peur d'entrer ?

J'ai survécu en prenant deux des décisions les plus difficiles de ma vie. Demander le divorce à Mel et quitter les Marinos. Retourner dans mon propre chalet ne devrait pas être aussi effrayant.

Après tout, Bubble ne représente qu'un mètre soixante-cinq de…

Mon cerveau traître fait réapparaître les souvenirs de Bubble en train de danser, comme s'il le faisait pour lui-même et personne d'autre. Je songe à la grâce avec laquelle il bougeait, visiblement si libre, comme si rien ne pouvait le piéger.

Je soupire longuement et avant même que je disparaisse dans l'air frais, je me lève et entre en attrapant le panier rempli de bûches.

— Bon sang, je dois me construire un débarras, marmonné-je alors que la neige de ma veste et de mes bottes est en quantité trop importante pour rester contenue sur le grand tapis que j'ai devant la porte.

Je suspends mon manteau et pose mes bottes sur un plateau pour qu'il rattrape la neige fondue accrochée à la semelle.

Lorsque je me retourne, je me demande si je suis entré dans le chalet de quelqu'un d'autre.

Un petit sapin de Noël se trouve près de la cheminée, avec des décorations et des cadeaux en dessous. Des lumières clignotantes sont enroulées autour du pied qui le soutient au milieu de la pièce et des guirlandes pendent du plafond… Comment a-t-il réussi à monter si haut ?

Est-ce du gui au-dessus du canapé ?

Mon regard se focalise sur Bubble, qui me dévisage d'un air inquiet. Il entoure sa taille d'un bras, tandis que l'autre est devant son torse.

Il se mord nerveusement les ongles, mais tout ce que je vois, c'est qu'il a changé de vêtements. Il porte désormais un pantalon de yoga rose moulant qui souligne chacune des courbes de ses jambes bien proportionnées jusqu'à sa taille fine. Il l'a associé à un pull trop large, au col évasé qui retombe sur son épaule.

Ses yeux verts sont largement ouverts, comme ceux d'une biche effrayée. Un mouvement de travers et il pourrait détaler.

Sauf que ce n'est pas lui, qui doit détaler. C'est moi.

Je remets mes bottes et tire sur les lacets que je ne prends pas la peine d'attacher. Je les coince bien et m'en vais.

Je cours dans la zone boisée autour du chalet et ne m'arrête pas avant que mes poumons me brûlent à cause du froid.

— Merde, crié-je bien que cela ressemble plus à une quinte de toux. Mais que m'arrive-t-il, bon sang ?

Mon chalet est comme une surcharge sensorielle à cause des lumières, des odeurs et de tout ce qui n'était pas là auparavant. Mon esprit ne peut penser qu'à la peau exposée sur l'épaule de Bubble.

Si je n'avais pas fui le chalet en courant, j'aurais sûrement couru vers lui et j'aurais fait quelque chose de vraiment déplacé.

— Nom de Dieu, ce gamin est... un gamin. Il ne sait même pas ce qu'il fait quand il me fait du rentre-dedans.

Mon sexe palpite dans mon pantalon. Je m'appuie contre un arbre et pose ma paume sur mon érection.

Des mois d'énergie accumulée, que je ne pouvais nommer auparavant, surgissent pour sortir.

Les chutes de neige conséquentes signifient qu'il est improbable que quelqu'un d'autre se trouve dans les bois. Avant d'y réfléchir exagérément, je baisse ma braguette et saisis ma verge.

Le soulagement, quand je me touche, est contrebalancé par le froid. Mais mon membre n'en est pas dérangé, car le sort que m'a jeté Bubble serait suffisant pour faire fondre la calotte glaciaire.

La seule façon pour moi de retourner dans le chalet est de m'occuper de moi-même ici et maintenant.

— *Ça te permettra de lâcher prise pour que tu aies les idées claires quand tu es auprès de lui*, marmonné-je alors que je caresse ma longueur et tente de réprimer un gémissement.

J'ignore quelle distance parcourt le son, dans le coin, et je n'ai certainement pas envie de me faire surprendre.

L'arbre est rêche contre mon dos. J'appuie ma tête contre le tronc et imagine ce que je ressentirais si Bubble était à genoux et enroulait ses douces lèvres autour de mon sexe pour respecter toutes les promesses avec lesquelles il m'a vivement taquiné.

Plus je pense à lui, plus je me demande ce que j'ai fait toute ma vie.

Son corps pratiquement nu dans les douches, son épaule exposée, son doux visage caché par les bonnets de laine, même sa pure détermination à extraire sa valise géante de sa voiture...

Alors même que ces pensées envahissent mon esprit, je me caresse furieusement jusqu'à sentir mon orgasme monter.

Je halète comme un cheval de course, mon souffle humide flottant dans l'air frais.

Je pose ma main libre sur ma bouche afin d'étouffer le bruit. Je ne peux m'empêcher de crier son nom quand mon orgasme me submerge et que je jouis sur la neige blanche devant moi.

— *Curtis*!

Je pose les mains sur mes genoux afin de rester debout quand mon corps veut se relâcher et se détendre. Au cours de ma transe post-orgasmique, il est aisé d'oublier que la neige est froide, même si l'air autour de moi s'infiltre enfin à travers mes vêtements.

Dès que ma respiration redevient plus ou moins normale, je remets ma verge dans mon pantalon et remonte la braguette.

— Riley!

Entendant cet appel, je m'éloigne de l'arbre et de la preuve de ce que je viens de faire avant de marcher vers le chalet. Mais Bubble ne crie pas depuis le chalet. Il court dans ma direction.

— Riley.

Il tient mon manteau dans ses mains et baisse les yeux vers le sol.

— Je suis vraiment désolé. Je… n'aurais pas dû faire ça sans te poser d'abord la question. Je pensais simplement que le chalet devait être un peu égayé et je me suis laissé emporter. Je peux tout enlever. S'il te plaît, ne me demande pas de partir.

Ces derniers mots sont presque une supplication silencieuse.

Je lui prends le manteau des mains et l'enfile. Il sent le bois brûlé et un soupçon de fraise. Je n'ai certainement pas envie que Bubble pense que tout ça est sa faute. Je me penche donc alors légèrement pour l'encourager à croiser mon regard.

— Tu n'as rien fait de mal.

— Alors pourquoi t'es-tu enfui ?

— Tu le croirais, si je te disais que j'ai oublié mon chapeau dehors ?

Il lève les yeux au ciel et je ricane.

— Tu ne portes pas de chapeau.

Je pose la main sur ma tête.

— Ah, oui. Je n'ai pas pu le trouver.

Il me pousse et je fais quelques pas en arrière, hilare.

— Je suis désolé. Je ne voulais pas t'inquiéter avec ma réaction. Honnêtement ? Le chalet semblait un peu triste. Je suis ravi que tu aies rajouté de la vie.

Il plisse les yeux.

— Alooors, tu t'es enfui parce que tu es heureux que j'aie décoré le chalet ?

— Rentrons. L'odeur est divine et j'ai le ventre qui gargouille, dis-je en recommençant à marcher en direction du chalet.

— Non. Ne me traite pas comme si j'étais un idiot. J'ai cru que tu valais mieux que les autres. Je m'en vais.

Il me contourne à une telle vitesse que j'ai presque du mal à le suivre.

— Bubble, attends. Qu'est-ce que tu veux dire ? Tu n'es pas idiot. Tu es tout sauf idiot.

— Alors pourquoi évites-tu mes questions ? Pourquoi te comportes-tu si étrangement ? Est-ce que je te répugne ? Me voir dans ta cuisine ressemblait un peu trop à une vie domestique et tu as eu peur de devenir homosexuel si je te contamine ? Tu sais que ça ne fonctionne pas comme ça, hein ?

Il ne se retourne pas, mais il n'en a pas besoin. Je sais exactement à quel point son regard est féroce. Comme ses joues sont rouges.

J'attrape son bras et le tire en arrière. Il s'écrase contre moi et c'est alors que j'oublie tout ce qui est bien et tout ce qui est mal. J'oublie mon âge. J'oublie *son* âge. Je ne me demande pas si je suis en pleine crise de milieu de vie ou si je suis seulement resté endormi toute ma vie.

Tout se dissipe dans l'air frais autour de nous quand j'écrase mes lèvres contre les siennes.

16

BUBBLE

Lorsque l'homme de vos rêves écrase ses lèvres contre les vôtres, il n'y a qu'une marche à suivre. Votre serviteur vous l'a décomposée en quatre étapes faciles, pour votre confort.

De rien.

Étape 1 : assurez-vous qu'il est vraiment accroché à vous. Lèvres contre lèvres. Vous êtes une palourde. Ne lâchez pas.

Étape 2 : grimpez sur lui comme sur un arbre.

Étape 3 : remerciez votre ancien vous pour tous ces squats qui vous ont donné ces cuisses musclées.

Étape 4 : profitez de chaque seconde de ce baiser avant que l'homme en question se rende compte de ce qu'il fait et commence à flipper.

Mon Dieu, faites qu'il ne flippe pas.

À chaque passage de sa langue sur mes lèvres, je jure que je perds un neurone. Chaque fois qu'il suce mes lèvres entre les siennes, je vois les portes du Paradis. Lorsque sa langue cherche à entrer dans ma bouche – spoiler, je le laisse entrer, je suis sûr que quelque part, une pierre tombale porte mon nom.

Ci-gît Bubble. Il a vécu une belle vie. Il est mort jeune, mais ce baiser en valait tellement la peine.

Ai-je déjà rêvé d'embrasser Coach ? Évidemment.

Ai-je déjà cru que cela se produirait réellement ? Oh que non.

Ce qui est la raison pour laquelle, même s'il m'embrasse et que sa langue explore la mienne, je n'arrive toujours pas à sortir de mes pensées.

Pourquoi c'est moi qui pique une crise ?

Enfin, ce n'est pas suffisant pour que j'interrompe le baiser. Je ne suis pas stupide.

Ses grandes mains puissantes sur mes fesses me maintiennent en place et je me demande s'il se rend compte de ce que j'arbore sous mon pantalon de yoga. Nous bougeons jusqu'à ce que je sente quelque chose de rêche contre mon dos. Un arbre.

Mes lèvres doivent avoir déjà triplé de volume, car il les suce comme si j'étais son parfum de sucette préféré, mais je ne peux m'arrêter de l'embrasser. Ou l'empêcher de m'embrasser. Au point où j'en suis, je ne sais plus vraiment qui a le contrôle, ici.

Il gémit et j'ouvre les yeux. Les siens sont rivés sur moi. Des orbites sombres, concentrés tels des lasers, aussi emplis d'autre chose. Des questions ? Du désir ? Qui est cet homme ?

Comme je suis coincé entre l'arbre et lui, et que je me sers de mes cuisses super puissantes, il relâche mes fesses. Il pose les mains sur mon visage et c'est la première fois qu'il brise le baiser.

Ma respiration est laborieuse et je suis terrifié à l'idée que ce soit le moment où quelque chose de mal se produit.

— Tu n'es pas idiot, Curtis. Tu es merveilleux, beau, libre, gracieux, créatif, généreux et tu me fais ressentir des choses que je n'ai jamais ressenties de toute ma vie. C'est pour ça que je fuis. Parce que j'ignore comment gérer tous ces sentiments qui sont constamment ballottés autour de mon corps. Depuis le jour où tu es arrivé à l'école avec ton humeur enjouée et optimiste, et avec un gâteau dans une boîte, je n'ai pas eu une seule bonne nuit de sommeil.

Je lève les yeux au ciel.

— Ouais, bien sûr.

Il me fait taire avec un autre baiser et je liste toutes les conneries que je peux lui dire afin qu'il me fasse taire de cette manière. Oh, bon sang, je peux avoir une encyclopédie avant le dîner.

Je mets fin au baiser.

— Oh merde. Le dîner.

— Hein ?

Coach regarde mes lèvres gonflées, ébahi, tout en passant une main sur sa bouche.

— Le dîner est prêt, répété-je.

— C'est vrai. Oui, bien sûr.

Il me pose par terre, mais prend un moment avant de me relâcher.

— Tu vas bien ? lui demandé-je.

— Oui.

— Nous pouvons discuter plus tard de ce qu'il s'est passé.

Il hoche la tête.

Je lui prends la main et l'attire vers le chalet. Étant donné qu'il vient d'explorer le fond de ma gorge comme s'il cherchait de l'or, il vaudrait mieux qu'il ne trouve pas ça bizarre de me tenir la main.

— Tu veux prendre une douche pendant que je termine les légumes ? l'interrogé-je quand nous rentrons.

Il est clair qu'il est en train d'encaisser ce qu'il s'est passé. Bon sang, c'est aussi mon cas.

Mais je suis sûr que nous l'encaissons de deux façons bien différentes.

Quand le coach entre dans la salle de bain, je m'appuie

contre le plan de travail de la cuisine et regarde par la fenêtre. Il n'a pas neigé pendant que nous étions dehors, mais quelques flocons recommencent à tomber et il fait de plus en plus sombre.

Comment ai-je pu louper ça?

Apparemment, le pire de la tempête devrait nous frapper d'une minute à l'autre, désormais.

C'est habituellement l'un de ces moments où j'appellerais Juju et lui raconterais tout. Elle me répliquerait probablement que je suis stupide et que je mets mon cœur en péril, ou alors elle me dirait de rester loin du coach.

Je ne peux pas faire ça. Je ne peux pas, c'est tout. Si une infime partie de lui veut de moi, je vais me donner. Tout entier.

J'entends l'eau couler dans la douche et je commence donc à préparer les légumes. Le porc est cuit à la perfection, si je peux en juger par moi-même, et les pommes de terre rôties sont parfaitement croustillantes.

— Mamie, j'espère que tu as raison sur ce coup-là, parce que s'il ne me demande pas de l'épouser après ce repas, tu as été une mauvaise prof de cuisine.

Coach sort avec un pantalon de survêtement et un vieux T-shirt des Marinos. Ses cheveux sont toujours mouillés à cause de sa douche et ils rebiquent dans tous les sens, comme s'il s'était préparé trop vite.

— Tout sent merveilleusement bon. Qu'est-ce que c'est? demande-t-il.

— De l'effiloché de porc avec des pommes de terre rôties et des légumes cuits à l'eau.

Il est littéralement bouche bée.

— Tu as fait tout ça aujourd'hui *et* tu as décoré le chalet?

— Oui. Maintenant, assieds-toi et prépare-toi pour l'orgasme gastronomique de ta vie.

Il tousse.

— Est-ce que tu viens juste de… ? Tu sais quoi ? Peu importe, mangeons.

Il s'installe pendant que j'apporte les plats.

— Comment se fait-il qu'il y ait une nappe ? Je n'ai pas de nappe, constate-t-il.

— J'ignorais si le chalet de monsieur et madame Crawford était équipé, alors j'ai emporté un peu trop de choses. Au moins, maintenant, je peux utiliser toutes ces affaires.

Il prend un morceau de porc, quelques pommes de terre et une grande quantité de légumes.

J'attends qu'il mange une bouchée.

J'ai toujours eu confiance en moi, ça n'a jamais été un problème. Je peux aisément m'envelopper de ma bulle et ignorer ce que tous les autres pensent de moi si je crois que je suis fabuleux. Mais à ce moment, je doute de tout ce que je fais et tout ce que je pense.

Et si le coach n'aime pas mon assaisonnement pour le porc ? Et si les pommes de terre sont trop croustillantes ? Ou les légumes pas assez cuits ?

— Comment as-tu appris à cuisiner ? Et à pâtisser ? Tes gâteaux sont merveilleux. J'ai commencé à courir avec les enfants pour compenser la quantité de sucre que tu me fais ingurgiter.

Je ris.

— Manger, c'est optionnel. Mais je suis ravi que tu aimes mes gâteaux. J'essayais de comprendre lequel était ton préféré.

— Je te le dirai, un jour.

— Un jour ?

Il goûte le porc et gémit.

— Garder le maximum de flexibilité, c'est dans mon intérêt.

— Je ne devrais pas en être surpris, puisque ton boulot est littéralement de trouver une stratégie pour gagner.

Je ris.

Il hausse les épaules.

— Je ne vais pas m'en excuser. Et c'est délicieux, au fait. Tu n'as toujours pas répondu à ma question, non plus.

— J'ai appris à cuisiner avec ma grand-mère. Mes parents sont morts quand j'étais jeune, donc j'ai été élevé par ma grand-mère, à Los Angeles. Elle m'a appris tout ce que je sais.

— Cette femme semble merveilleuse, dit le coach.

— Elle l'était.

Tandis que les bûches brûlent dans la cheminée, que les lumières scintillent et que le sapin de Noël est installé dans le décor, j'ai l'impression de vivre mon petit rêve de Noël personnel.

— Je suis vraiment ravi que tu aimes le repas. Rien ne me fait plus plaisir que de voir quelqu'un aimer un plat que j'ai cuisiné ou un gâteau que j'ai pâtissé.

— Oh mon Dieu, tu es sérieux ? C'est la meilleure chose que j'ai jamais mangée. Mon ex-femme n'était pas une mauvaise cuisinière, mais quand tu passes la moitié de ta vie dans des hôtels, tu peux goûter à tout genre de nourriture.

J'ajoute un peu de tout dans mon assiette, en insistant sur les pommes de terre, parce que les patates, c'est la vie.

— J'ai tendance à oublier que tu entraînais les Marinos. C'était comment ?

Il met un morceau de carotte dans sa bouche et mâche tout en regardant par la fenêtre. Il fait nuit, dehors, donc il n'y a rien à regarder.

— C'était génial, me répond-il. C'était le job de mes rêves. J'en ai aimé chaque seconde.

— Pourquoi ne les entraînes-tu plus ?

Il laisse échapper un rire étranglé.

— Il faudra plus qu'une session de galoches pour en arriver à ce sujet-là.

Je ris.

— Une session de galoches ? Oh, Riley chéri. Mange tous tes légumes comme un bon garçon et nous aurons ensuite une si bonne session de galoches que tu oublieras ton nom et ton numéro de sécurité sociale.

— Donc, j'imagine qu'on en parlera à ce moment-là.

Je pose mes coudes sur la table et appuie ma tête sur mes mains.

— J'imagine.

17
COACH

Je savais que ce moment arriverait. Je l'ai rejoué dans ma tête un million de fois pendant que j'étais sous la douche. Ou, du moins, j'avais imaginé que cela se passerait ainsi.

Cependant, maintenant que je regarde les yeux vert forêt de Bubble, je ne sais plus rien.

Nous finissons notre dîner et j'insiste pour laver la vaisselle, étant donné que Bubble a tout cuisiné.

Il disparaît dans la chambre, mais revient quand je termine. Je bois un verre d'eau et me prépare pour la conversation que j'aurais probablement dû avoir avec moi-même depuis longtemps. Sauf que maintenant, je l'ai avec quelqu'un d'autre.

Quelqu'un qui a vingt ans de moins que moi et avec qui je ne cesse d'imaginer que je fais des choses. Même si je n'ai jamais fait ces choses par le passé.

Lorsque je suis allé me coucher, hier soir, je n'ai pas réussi à dormir. J'avais encore tant de questions. Alors, j'ai fait ce que n'importe quel vieil homme respectable fait, je suis allé sur un site pornographique, bien sûr.

J'ai commencé avec mes vidéos habituelles, mais j'ai ensuite changé la catégorie pour du porno gay.

Le soulagement qui m'a submergé quand je n'ai pas bandé en regardant deux autres hommes coucher ensemble m'a presque fait éclater de rire. Voilà que j'étais en train de regarder deux mecs prendre leur pied grâce à l'autre et que je me sentais heureux parce que je n'avais pas de réaction physique.

Toutefois, l'un d'eux a ensuite regardé l'écran. Il avait des yeux verts et peu de temps après, j'ai comparé ces yeux verts à ceux de Bubble. Ma verge s'est immédiatement durcie alors que le mec aux yeux verts laissait sa tête retomber en arrière pendant que son partenaire embrassait son corps jusqu'à atteindre son…

— Tu veux un dessert ?

— Quoi ?

Je me tourne face à Bubble alors qu'il m'extirpe de mes pensées.

— Je te demandais si tu voulais un dessert.

Il observe mon entrejambe.

— Mais si tu m'offres ça, alors oui, je t'en prie. Je n'ai même pas besoin de la cerise sur le gâteau.

Je baisse les yeux vers le contour de mon érection dans mon survêtement. Au moins, je porte un sous-vêtement, autrement, j'aurais un sacré renflement avec ce pantalon lâche.

Bubble ricane, mais passe à côté de moi pour rejoindre le réfrigérateur. Il attrape deux ramequins avant de prendre deux cuillères dans le tiroir.

— Viens, Coach. Allons sur ton beau canapé.

Je prends une profonde inspiration avant de le suivre, mes yeux rivés sur la courbe parfaite de ses fesses. J'ai toujours aimé les fesses.

J'imagine que ça n'a pas changé.

— Qu'est-ce que tu as là ? demandé-je.

— Pas d'érection, mais si je te surprends encore une fois en train de reluquer mes fesses, je ne peux pas te promettre que ça n'arrivera pas.

Je grogne.

— Curtis.

Je m'assieds sur le canapé, à ma place préférée. Je ne suis pas surpris quand Curtis s'installe en tailleur, si près de moi que tout ce que je sens, c'est son parfum de fraise. Je ressens aussi la chaleur de son corps.

Les personnes de petite taille n'ont-elles pas froid, habituellement ?

Il me tend l'un des ramequins ainsi qu'une cuillère.

— C'est de la mousse au chocolat, me dit-il. L'un de mes desserts préférés, alors je ne la mange que lors d'occasions spéciales.

Je prends une cuillerée de la mousse. Elle semble aérienne et légère, comme celle que j'ai déjà mangée dans des restaurants.

Cependant, lorsque je la goûte, la différence est frappante. Elle est bien meilleure. La texture fond dans la bouche et le chocolat est riche, sans être excessif. C'est une perfection absolue.

— Hmm, c'est merveilleux, Curtis. Je ne sais vraiment pas comment tu peux être parfait dans tout ce que tu fais.

Il me dévisage.

— Quoi ? Pff. C'est faux. J'aime seulement rendre les gens heureux.

— C'est peut-être vrai, mais tu es un pâtissier et un cuisinier talentueux. J'ai aussi vu comment tu as construit l'équipe de cheerleading à l'école, en partant de rien.

Je remarque que la peau de son cou rougit. Il finit son dessert et place le ramequin par terre, près du canapé, avant de lever les yeux vers moi.

La vulnérabilité dans son regard me brise le cœur, surtout que je suis probablement la raison pour laquelle il se sent ainsi.

— J'imagine que nous devrions discuter de ce qu'il s'est passé tout à l'heure, dis-je en posant mon ramequin à côté du sien.

— Puis-je te poser une question avant que tu dises quoi que ce soit ?

— Bien sûr.

— Tu regrettes ?

— Non.

Je lui prends la main jusqu'à ce qu'il comprenne le message et vienne me chevaucher.

— Je recommencerai.

Il sourit et pose si légèrement ses mains sur mon torse qu'on dirait qu'elles ne sont même pas là.

— Tu veux me toucher ? demandé-je.

Il se mord la lèvre inférieure.

— Oui, mais je ne veux pas te mettre mal à l'aise.

Je ris.

— Je suis sur le point d'avoir la conversation la plus gênante de ma vie. Je crois que rien de ce que tu pourras me faire n'empirera la situation.

Il hausse un sourcil.

— Même une pipe ?

Je laisse ma tête retomber en arrière.

— Merde, Bubble. Il faut que j'aie les idées claires.

— Je crois que le nœud du problème, c'est : es-tu hétéro ? me dit-il.

Je soupire et tiens ses mains que je pose contre mon torse.

— Je ne sais pas et c'est la réponse la plus honnête que je peux te donner. Je me suis marié jeune et je n'ai eu que mon ex-femme, dans ma vie. Je me suis toujours considéré comme un homme hétéro. Je n'ai même jamais regardé une autre femme.

— Alors… tu as trébuché sur une branche d'arbre à cause de la neige et tu as perdu connaissance. Tu as subi un léger trauma crânien et quand tu as repris connaissance, tu as décidé que tu voulais m'embrasser. C'est ça ?

Je ris.

— Je ne suis pas convaincu du trauma crânien, mais je crois que j'ai envie de t'embrasser depuis longtemps.

— Ça a dû être difficile de comprendre ce qui t'arrivait.

Il lève les mains vers mon visage et décrit des cercles sur mes tempes avec ses pouces, avant d'enrouler ses doigts dans mes cheveux.

— J'ai toujours su que j'aimais les garçons. Enfin… Je voulais être comme les filles. Je les enviais. Mais j'ai toujours su que je voulais embrasser les garçons. Ce n'était pas facile d'être moi, dans mon enfance. J'aimais ce que personne d'autre dans ma classe n'aimait, alors je n'avais pas beaucoup d'amis. J'imagine que c'est à ce moment-là que j'ai décidé de me concentrer sur moi-même et d'être mon propre meilleur ami.

Il sourit et je ne détecte aucun regret, aucune tristesse.

— J'aime tout ce que je suis. Oui, je suis un peu fou. Juju dit que je suis bulle-icieux. Mon patron et mes autres amis me décrivent peut-être avec d'autres mots…

— Vivant. C'est l'impression que tu me donnes, Curtis. Tu es *la vie*.

Il baisse les yeux.

— Quand tu dis de telles choses, ça me donne envie d'arracher mes vêtements et de te chevaucher comme si j'étais le dernier cowboy du Texas. Je ne suis jamais allé au Texas, en plus.

Je secoue la tête.

— Tu vois ? Qui d'autre dirait ça ?

— Personne, j'espère. Je ne gère pas bien la compétition, me dit-il en fronçant les sourcils.

— Quelle compétition ?

— Pour toi, le grand beau gosse sexy et presque grisonnant.

Je lui donne un coup dans l'épaule.

— Hé, je n'ai pas de cheveux gris.

Il se penche pour être au-dessus de moi et commence à inspecter mes cheveux.

Mon corps, comme d'habitude, réagit à sa proximité et Bubble n'est pas immunisé non plus. Je vois bien qu'il fait semblant de ne pas le remarquer, mais le léger changement dans sa voix, quand il me dit qu'il a trouvé un cheveu gris, m'indique le contraire.

Je glisse mes mains dans son dos et inspire. Il pose la tête dans le creux de mon cou et nous restons ainsi.

— Tu sens toujours la fraise. Ça me rend fou, chuchoté-je.

— C'est mon odeur préférée. C'est le parfum de mon shampoing et de mon gel douche.

Il paraît si petit, au-dessus de moi. Je sais qu'il n'est pas fragile. C'est un athlète qui suit un régime diététique. J'ai aussi senti ses cuisses puissantes m'enserrer dans la forêt, tout à l'heure.

Je glisse lentement mes mains vers la courbe du creux de ses reins. Son pull large dissimule sa silhouette, mais dans la position dans laquelle nous sommes, il remonte. Lorsque je sens une peau chaude sous mes doigts, je ne peux m'empêcher d'en désirer plus.

— Que veux-tu de moi, Riley ? me demande-t-il.

Curtis pose les mains sur mon torse et lève la tête pour croiser mon regard.

— Je n'en sais rien. Je sais simplement que tu me pousses

à vouloir des choses que je n'ai jamais voulues par le passé. Et je suis à court d'excuses pour ne pas céder.

— Alors, cède, Riley.

Je pose les mains sur ses fesses et l'attire contre moi.

— Je ne veux pas me servir de toi, Curtis. Tu mérites mieux que d'être une expérience et je ne peux pas te promettre que je peux t'en donner plus. Ce n'est pas parce que je découvre quelque chose de nouveau sur moi que je dois agir en conséquence.

Il se redresse, ses yeux plus verts que jamais.

— Toute personne mérite la chance de devenir elle-même. Si je peux t'aider à te découvrir, s'il te plaît, laisse-moi faire. Fais-moi confiance. Ce n'est pas un calvaire.

Je ris.

— Je ne plaisante pas, Riley. Je vais te chevaucher, te sucer, te faire *touuut* ce que tu veux et je vais même te nourrir.

Je secoue la tête à cause du côté ridicule de cette conversation. Mon membre durcit encore un peu plus après ses suggestions.

— Visualise cet endroit comme notre propre bulle de Noël. Peu importe ce qu'il se passe ici, ça restera ici.

Je le regarde dans les yeux, pour voir à quel point il est sérieux, et il me dévisage avec la même détermination qu'il avait déjà lorsqu'il me laissait des cadeaux dans le bureau des coachs ou qu'il m'apportait l'un des gâteaux qu'il avait pâtissés. Il était toujours confiant et savait que je ne les refuserais pas.

— Notre bulle de Noël ?

— Notre bulle de Noël bulle-icieuse, précise-t-il.

— Alors, comment suggères-tu que nous commencions mon voyage de découverte de moi-même ?

Il se mord la lèvre et désigne la rigidité évidente dans mon survêtement.

18

BUBBLE

Je suis peut-être très courageux ou très con, mais je crois que je viens de convaincre un homme – que je pensais hétéro, jusqu'à maintenant – de laisser libre cours à son imagination et de se servir de moi.

Juju me ferait clairement couper la tête, ainsi que mes testicules.

Je sais que Riley bande depuis qu'il m'a attiré sur ses cuisses. Il est peut-être confus quant à son attirance pour les hommes ou pour moi, mais son corps ne doute nullement de ce qu'il veut. C'est une langue que je parle couramment.

— Qu'est-ce que tu… (Il déglutit) veux dire ?

— Je vais seulement t'aider à lâcher prise, d'accord ?

Il acquiesce.

Je retire mon pull et l'aide à enlever le sien.

— Jésus sur un piédestal, Riley.

Je savais qu'il restait en forme et qu'il s'entraînait souvent avec son équipe, mais je ne m'étais pas préparé à un tel niveau de sex-appeal.

— Tu peux parler, me lance-t-il.

Il glisse les mains sur mon torse et touche mes tétons durcis d'une main hésitante.

— Tu es si gracieux quand tu bouges. Je ne doute pas que tu es un danseur et un athlète. Ce jour-là, dans le vestiaire… J'ai dû fuir, parce que te voir était trop difficile. Je crois que c'est la première fois que j'ai commencé à me poser des questions sur ma sexualité. Pas consciemment, mais j'ai bandé jusqu'à chez moi, et ça n'est parti que lorsque je me suis pris en main.

Je halète.

— Dis-moi ce que tu as fait.

J'appuie mes hanches contre les siennes et obtiens l'effet désiré. Il est inutile de retirer davantage de vêtements. Je veux qu'il se sente à l'aise, mais il ne faut pas se méprendre sur la situation. Il va vivre l'orgasme d'une vie.

— Je suis allé chez moi, dit-il en appuyant sa tête sur le dossier du canapé.

— Dans une pièce, en particulier ?

— Dans le couloir. Je bandais tant que c'était douloureux.

J'accélère la vitesse de mes coups de reins et tente de ne pas gémir, car ce que je lui fais est si agréable pour moi aussi.

— Tu t'es pris en main à cet endroit même ?

— Oui.

— Dis-moi comment tu aimes te caresser.

— Curtis, gémit-il.

Je me penche en avant pour que nous soyons peau contre peau. Mes tétons sont douloureusement durs et si sensibles à chaque frottement contre les poils de son torse.

— D'accord. J'aime m'agripper fermement, avec de longues caresses. Parfois, je tords mon poignet quand j'arrive au niveau du gland.

Je lui chuchote à l'oreille :

— J'aurais bientôt ce gland dans ma bouche, Riley. Ce sera si bon que tu en seras époustouflé.

— Merde, Curtis.

— Je sais. C'est bon, hein ?

Il ne répond pas. Il pose plutôt les mains sur mes fesses et retourne la situation. Soudain, je me retrouve allongé sur le dos avec Riley au-dessus de moi.

— Enroule tes jambes autour de moi, comme tout à l'heure, m'ordonne-t-il.

J'obéis.

Ce qu'il se passe ensuite est la meilleure course jusqu'à la ligne d'arrivée à laquelle j'ai jamais participé.

— Je suis désolé, je ne peux pas y aller lentement. Tu es si bon, dit-il contre mes lèvres avant de les saisir dans un baiser brûlant qui ne s'interrompt que lorsque nous crions tous les deux au milieu de notre orgasme.

Je me fiche que mon sperme suinte à travers mon sous-vêtement et mon pantalon de yoga. La situation sera forcément salissante.

Le coach ne se décale que légèrement, pour que la majorité de son poids ne soit pas sur moi, puis il parsème mon cou de baisers jusqu'à atteindre une nouvelle fois ma bouche. C'est à la fois doux et tendre et je ne veux pas que ça s'arrête.

— Riley ? l'appelé-je quand il relâche mes lèvres.

— Oui ?

— Je crois qu'on peut dire qu'on se connaît assez bien pour que tu n'aies plus besoin de dormir sur le canapé.

Il rit d'un air insouciant qui s'installe dans ma poitrine comme un bon présage.

— Tu m'invites dans ton lit, monsieur Merroll ? me demande-t-il.

— Comme c'est ton lit, je t'invite simplement à revenir, sauf que maintenant, tu as le droit d'être la grande cuillère autour de ta propre bulle de Noël.

Il ricane.

— Tu ne vas pas commencer à parler de toi comme étant ma bulle de Noël.

— Je ne viens pas de te procurer de la joie ? demandé-je en boudant.

Il suçote ma lèvre inférieure. Mon membre durcit une fois encore, surtout lorsque sa jambe musclée se retrouve entre mes cuisses et m'offre la position parfaite pour me frotter contre lui.

Je gémis.

— Riley.

— Hmm ?

— Si tu continues de m'embrasser comme ça, je ne serai pas responsable de ce qui se passera ensuite.

— Est-ce que ça se finit sur un orgasme ?

J'acquiesce et ravale un autre gémissement. Cet homme a découvert le point sensible dans mon cou. Il ne le sait peut-être pas, mais s'il continue de lécher et de sucer ma peau, je vais jouir dans trois secondes environ.

— Riley.

— Prends ce que tu veux, Curtis.

Merde, si je prends ce que je veux, je vais chevaucher sa queue. Je ne l'ai pas vue, mais d'après ce que j'ai senti quand il bandait contre moi, Riley a un équipement à la pointe, là-dessous.

Ça ne suffit pas. Je me frotte contre lui, mais je n'arrive pas à jouir. J'aime son poids sur moi. J'aime sa manière de sucer et d'embrasser ma peau. Ses mains explorent tous les endroits qu'elles peuvent atteindre.

Je sais que mon pantalon est sale, mais il faut que je me touche et je suis trop captivé pour m'en préoccuper. J'ai besoin de cet orgasme, maintenant.

Je tends la main vers mon pantalon, mais Riley la repousse.

— Laisse-moi faire. Je n'ai jamais touché la queue d'un autre homme, mais ça ne peut pas être si différent de la mienne, n'est-ce pas ?

Le ton nerveux, mais déterminé de sa voix me fait légèrement redescendre.

— Tu n'es pas obligé, Riley. On peut s'arrêter maintenant.

Ses yeux sont rivés sur ses mains qui parcourent mon corps.

— J'en ai envie.

— Ça va être salissant, l'avertis-je.

Il rit.

— Je suis un mec, tu te souviens ? Je sais à quel point ça peut être salissant là-dessous.

Je veux protester, car c'est une chose de sentir son propre liquide et c'en est une autre, quand il s'agit du sperme de quelqu'un d'autre, surtout quand vous n'avez jamais fréquenté d'hommes. Je n'ai certainement pas envie qu'il rétropédale parce qu'il est dégoûté.

— Bubble. Arrête de rêvasser pour que je puisse m'occuper de ton deuxième cerveau et te procurer un orgasme.

Je le dévisage.

— Tu viens de me faire une réflexion à la Bubble ?

— Oui, répond-il avant de m'embrasser. Bon, laisse-moi te faire du bien, parce qu'on a tous les deux besoin d'une douche et qu'il se fait tard.

Il baisse mon pantalon et je grimace en imaginant mon sperme froid étalé sur moi. Visiblement, Riley ne s'en préoccupe pas, car avant que je m'en rende compte, je sens sa main musclée enroulée autour de ma longueur. *Sainte mère des masturbations de Noël, cet homme est doué.*

Nous sommes pratiquement collés l'un à l'autre, de la tête aux orteils, et nous nous regardons dans les yeux alors qu'il semble scruter mes réactions.

J'ai envie de fermer les yeux et de céder, mais le compétiteur en moi veut le défier.

Il appuie son front contre le mien et chuchote :

— Tu peux résister autant que tu le veux, Curtis, mais tu ferais aussi bien de te laisser aller avant que je t'oblige à le faire.

Mon membre est dur et rouge, comme si je n'avais pas joui depuis une semaine.

— J'aime que tu sois doux sur tout le corps, me dit-il. Enfin, ça ne me dérangerait pas si tu avais des poils, mais tous ces endroits que je touche avec ma main, je veux les goûter demain. Je veux voir si tu as un goût de fraises, Curtis.

Je me frotte quasiment contre lui en rythme avec ses caresses. Il s'arrête alors. Je suis sur le point de m'en plaindre quand sa main glisse jusqu'à ce que la pulpe de ses gros doigts touche mon orifice récemment négligé. Je me perds alors.

J'ouvre la bouche pour crier son nom quand je jouis, mais il écrase ses lèvres contre les miennes, avale mes gémissements et m'embrasse pendant que je vis cet orgasme au point d'être à deux doigts de m'évanouir.

— Toi… Monsieur… Coach… dis-je en respirant difficilement avant de bâiller. Tu es le diable.

Il ricane et se lève ensuite du canapé en m'emmenant.

— Où va-t-on ? Je ne peux pas rester juste là, devant la cheminée, au chaud et dans une position confortable ? demandé-je en ayant du mal à garder les yeux ouverts.

— Fais-moi confiance. Tu me remercieras demain matin.

Je suis convaincu de m'être endormi au milieu de ma douche… de notre douche. Nom d'un ravioli, je prends une douche avec le Coach Riley Dempsey.

— Merci, ma pote, tu t'en es bien sortie, aujourd'hui. On continuera de jouer, demain, marmonné-je.

— Tu parles à ta queue ?

— Oui. Tout le monde a besoin d'éloges, et ce soir,

c'était une soirée spéciale pour elle. Elle avait hâte de faire ça depuis *looongtemps*.

Riley s'esclaffe et rince mon shampoing, qui était déjà dans la douche, car je m'étais lavé après avoir cuisiné, tout à l'heure.

Lorsqu'il a terminé, il incline ma tête vers le haut.

— Ce soir, c'était spécial pour moi aussi, Curtis. Merci de m'avoir écouté et compris. Et merci de m'avoir permis de me sentir aussi à l'aise. Je sais que nous aurions pu faire d'autres choses que tu…

— Ne finis pas cette phrase, Riley, dis-je en l'interrompant. Cette soirée était parfaite. Si tu te découvres, l'une des choses plus importantes est de t'accepter. Tout ce que nous avons fait était plus que merveilleux. Maintenant, amène-moi au lit, parce que demain, c'est le Réveillon de Noël et que nous avons une journée chargée.

— Ah bon ?

— Oui. Nous devons préparer des cookies, faire un bonhomme de neige, allumer les lumières du sapin, choisir le meilleur endroit pour laisser les friandises du renne et probablement partager quelques moments sexy.

— Probablement ? dit-il en me pinçant les fesses.

— Assurément. À cent pour cent.

Nous nous séchons autant que possible, puis nous allons dans le lit de Riley. J'essaie de ne pas trop réfléchir, car mon esprit et mon cœur insistent avec toutes ces pensées merveilleuses sur une vie entière de bonheur suprême avec mon coach. Ainsi, avant que mon cerveau commence à planifier mon propre mariage sans mon consentement, je me glisse sous les couvertures et me blottis contre lui.

— Hmm, tu es la grande cuillère parfaite, dis-je en bâillant à nouveau.

— Tu es parfait.

Il enroule ses bras autour de ma taille et alors que je

m'endors, j'espère que nous n'avons pas franchi trop d'étapes trop rapidement. Car passer d'une vie d'hétéro à une nuit, nu dans un lit, avec un homme en moins de douze heures, ça doit être un record.

Vive Bubble !

Merci, mamie. Tu es vraiment la meilleure.

19

COACH

Je me réveille, allongé sur le dos, Bubble enroulé autour de moi comme s'il craignait que je m'enfuie pendant qu'il dort.

Mel n'a jamais aimé les câlins au lit. Elle se plaignait toujours parce que j'étais trop chaud et que je la faisais transpirer. Elle aimait parler avant de se coucher et nous n'avons jamais eu de problème avec notre vie sexuelle. Mais quand il s'agissait de dormir, elle se retournait et s'endormait comme si je n'étais même pas là.

Bubble frissonne légèrement et je relève donc les couvertures jusqu'à ses épaules. Il laisse échapper un soupir satisfait.

Sentir quelqu'un dans mes bras, au lit, c'est agréable. C'est le Réveillon de Noël, il fait froid dehors, mais chaud sous les couvertures et je me demande combien de temps nous pouvons rester ainsi avant qu'il se réveille. Il semble avoir un planning assez ambitieux pour aujourd'hui, sans parler de ce qu'il a prévu pour nous.

Mon Dieu, quelle tournure a pris le monde pour que j'aie un homme dans mes bras et que tout me semble juste ? Pourquoi ne suis-je pas en train de piquer une crise à cause de ça ?

Il a appelé ça notre *bulle de Noël*. Est-ce pour cela ? Parce que tant que nous sommes ici, nous sommes en sécurité et personne n'est obligé de le savoir ?

Je ne veux pas être cette personne. Tant de mes joueurs se sont retrouvés dans cette situation et j'ai vu leurs fausses petites amies se pointer lors d'événements tandis que leurs partenaires de longue date restaient chez eux.

Même si ce n'était pas à moi de les pousser à faire leur coming-out avant qu'ils soient prêts, je contrôle ma propre vie. Depuis la conversation avec mes parents, je sais déjà qu'ils ont accepté que je sois avec un homme et je n'ai aucun doute sur mon boulot.

Tout me revient donc, à vrai dire. Suis-je prêt si la seule personne qui me fait ressentir cela est assez jeune pour être mon fils ?

Bubble émet le plus doux des bruits et s'étire comme un chat. Lorsqu'il ouvre les yeux et me regarde, son sourire me coupe le souffle.

— Joyeux Réveillon de Noël, Riley.

— Joyeux Réveillon de Noël, Curtis.

Il se redresse pour m'embrasser et je l'aide en plaçant mes mains sur mon endroit préféré de son corps, actuellement. Ses fesses. Je suis sûr que je trouverai un autre endroit préféré, mais je n'ai pas encore eu la chance de l'explorer.

— Mon nom n'a pas l'air si horrible quand tu le dis, constate-t-il.

— Le nom que te donnent les gens est une extension de la personne que tu es. La plupart des gens m'appellent Coach parce que c'est tout ce que je suis.

Il pose son menton sur mon torse.

— Non. Tu ne laisses voir que ça. Comme Bubble. Tu es le seul qui voit Curtis. Je dois être en train de m'éclipser.

— Peut-être, mais le football, c'est toute ma vie. Rien

d'autre n'a autant compté, alors j'imagine que j'ai même commencé à me voir comme étant uniquement le Coach.

Il fronce les sourcils, mais son expression change à nouveau.

— Nous devrions déjeuner. Viens. Je vais te préparer des pancakes.

Il saute du lit comme s'il était monté sur ressorts.

Je m'assieds et le regarde alors qu'il débat de la tenue de Réveillon parfaite. Quand il est enfin satisfait de son jean vert moulant et son pull blanc orné de motifs de Noël, il se retourne.

— Qu'est-ce que tu fais encore au lit ?
— J'attends que tu quittes la pièce.
— Pourquoi ?

Parce que te regarder te balader nu m'a fait bander et que j'en suis légèrement embarrassé ?

Il avance vers moi et s'assied à côté du lit.

— Qu'est-ce qui ne va pas ?
— Tout va bien. J'ai simplement besoin d'intimité pour m'habiller.
— Oh… désolé. Je vais sortir, alors.

Il se lève, mais je saisis sa main pour l'arrêter.

— Curtis, attends. Je suis juste embarrassé, d'accord ?
— À cause de quoi ?

Je prends sa main et la place sur mes cuisses.

Il rit et me pelote.

— Tu crois que je n'ai pas le même problème, Riley ? Ta queue s'est enfoncée dans mon dos toute la nuit, ce qui m'a obligé à dormir avec une érection, ce qui est franchement inconfortable.

J'en suis bouche bée.

— La seule raison pour laquelle je ne t'ai pas sauté dessus quand on s'est réveillé, c'est parce que nous n'avons pas encore eu de conversation sur le sexe en toute sécurité, et je ne sais pas si tu es prêt pour ça.

— Je suis négatif. J'ai été testé quand j'ai mis fin à mon mariage et je n'ai fréquenté personne, lui assuré-je.

C'est à son tour d'avoir l'air choqué.

— Je suis négatif et je prends un traitement préventif.

— J'imagine que ça répond à l'une des questions.

Il déglutit.

— Et l'autre ?

Je pose une main derrière son cou et l'attire vers moi pour l'embrasser.

— Prépare-moi le petit déjeuner et je te le dirai à ce moment-là.

Il fond dans ce baiser et je me demande si c'est toujours comme ça avec Bubble ou si c'est parce que tout cela est nouveau pour lui. Comme il me l'a confié, il a envie de moi depuis un moment.

— Tu es un provocateur, mais je vais te préparer le petit déjeuner. Ce sera prêt dans dix minutes.

Après un dernier baiser, il me laisse avec mon membre considérablement plus rigide pour que je me prépare.

Tous les jeunes gens sont-ils aussi directs et à l'aise avec leur sexualité ? À côté de Curtis, j'ai l'impression d'être vierge et pas seulement parce qu'il est le premier homme que je fréquente.

Il nous a fallu un moment, à Mel et moi, pour que nous franchissions l'étape du sexe avec pénétration, car j'avais l'impression que c'était un pas immense pour nous, à dix-huit ans.

Je ricane.

C'était un pas immense pour moi, du moins.

Je chasse cette idée et m'habille afin de rejoindre Bubble dans le salon ouvert sur la cuisine. Le chalet d'à côté est peut-être entièrement décoré, mais j'aime qu'il n'y ait pas d'extravagance dans le mien.

Quand vous sortez de la chambre, vous vous retrouvez dans l'espace de vie. Il est petit et confortable. Du moins, c'est le cas, maintenant que Bubble est présent. Je vais devoir envisager d'apporter quelques décorations supplémentaires quand je reviendrai au printemps.

J'ai quelques photos de mon père et de moi, en train de travailler au garage, et d'autres de mes vacances en famille.

Curtis est déjà en train de mettre les pancakes sur des assiettes. Lorsque j'arrive à sa hauteur, il a aussi posé deux tasses de café sur la table, et je lui vole un baiser avant de m'asseoir.

Il rougit et je ne peux m'empêcher de me sentir un tant soit peu satisfait de lui provoquer cet effet.

Je ne devrais pas être surpris que ses pancakes soient aérés et délicieux. Ils me poussent à m'interroger sur mon besoin d'intensifier mes séances sportives post-Noël. Surtout si je continue de manger à ce rythme.

— Très bien, alors qu'y a-t-il ensuite sur ta liste de choses à faire aujourd'hui ? demandé-je.

Il me sourit joyeusement.

— Il faut qu'un fasse un bonhomme de neige.

— Un bonhomme de neige. Dehors. Où la température a dû chuter considérablement à cause de la tempête ?

Mon discours accélère légèrement à chaque mot.

— Oui.

Il joint les mains avec enthousiasme avant de prendre un carton sous la table.

— J'ai une écharpe, un chapeau, des boutons ou peut-être une cravate. Je n'ai pas encore décidé. Et j'ai aussi quelques accessoires supplémentaires, au cas où.

— Tu es conscient que nous sommes tous les deux de la

côte ouest, la partie du pays où il ne neige jamais, et qu'on va se geler les noix dehors.

— Ohh, Coach, ne t'inquiète pas. Je prendrai soin de tes noix. En parlant de ça.

Il se lève et vient se placer à califourchon sur moi.

— Tu me dois une réponse.

Instinctivement, mes mains se posent sur sa taille.

— Je ne suis pas franchement venu en étant préparé. Je ne m'attendais pas à… tu vois…

— Finir par avoir des ébats époustouflants ?

Je ris.

— Tu places la barre haut, là.

Curtis incline la tête et glisse sensuellement sa main sur son cou, ce qui m'assèche la bouche et crispe mes testicules.

— Je sais de quoi je suis capable, me dit-il en glissant un doigt caractéristique sur ses lèvres avant de le prendre dans sa bouche et de le sucer pour le relâcher ensuite dans un bruit sourd.

— Je parlais de moi, précisé-je avant de déglutir.

Je n'ai jamais douté de mes aptitudes au lit, mais Curtis est si différent de tout ce que j'aurais cru connaître dans ma vie.

Il prend mon visage en coupe et me regarde dans les yeux avec l'expression la plus sincère que j'ai jamais vue.

— Riley, si tu en as envie et que j'en ai envie, ça fonctionnera. On sera aussi complémentaires que le fromage et la pizza, que le beurre et le pain, que le glaçage sur du gâteau, que…

— Toutes tes analogies ont-elles un rapport avec la nourriture ? Tu me donnes faim et je viens juste de manger mon petit déjeuner.

Il rit.

— Et si je disais qu'on sera complémentaires parce que

mon cul attend ta grosse queue depuis des moins, donc ça rentrera? Et non seulement ça, mais ce sera aussi magique.

— Seigneur.

Il pose les mains de chaque côté de mon visage et me regarde dans les yeux.

— Tu en as envie? Je ne t'oblige pas, hein? Parce que Juju dit toujours que quand j'ai décidé quelque chose…

Le faire taire en l'embrassant est ma nouvelle activité favorite. Au moment où mes lèvres touchent les siennes, je ressens un changement automatique en Curtis à cause duquel ses murs s'effondrent et il me laisse entrer dans son intimité.

— J'en ai envie, Curtis.

Je ferme les yeux et prie en silence.

— Viens. Allons faire ce bonhomme de neige. Il faut que je me calme, là.

Il bondit quasiment loin de moi et court jusqu'à la porte. Il enfile ses bottes en se plaignant des lacets, puis il met son manteau, son bonnet et ses gants.

— Tu as oublié ton carton.

Je l'attrape et le lui apporte. Je me prépare ensuite et nous quittons tous les deux la chaleur du chalet pour affronter les froides températures extérieures.

Il fait significativement plus froid qu'hier et la couche de neige est plus profonde. Je ne suis pas convaincu que nous puissions faire quoi que ce soit, mais Bubble est comme un gamin dans un magasin de bonbons.

— Regarde, j'ai trouvé ses bras!

Il revient de la lisière de la forêt avec quelques branches. Il les pose à côté du carton et met les mains sur ses hanches.

— Bon. Comment fais-tu un bonhomme de neige?

Je hausse les épaules.

— J'ai sauté ce cours pour aller voir les pom-pom girls s'entraîner.

Il me pousse et je perds l'équilibre. Je finis donc par m'effondrer dans la neige.

— Espèce de crétin, tu vas me le payer.

Je tasse un peu de neige entre mes mains et la lui jette, mais il est trop rapide et évite d'être touché.

— Ne sous-estime pas les cheerleaders.

Il me tire la langue.

— Je ne le ferai…

Une boule de neige m'arrive en pleine tête.

Je me lève et cours pour l'attraper, mais ce salopard est mince et rapide.

— Tu as fait exprès de me donner bien trop de choses à manger, crié-je.

Il est au moins à une centaine de mètres.

— Ça faisait partie de mon plan d'ensemble.

La porte de l'autre chalet s'ouvre et deux enfants en sortent en courant.

— Vous faites une bataille de boules de neige ? On peut se joindre à vous ? demande George.

Son père arrive derrière lui en secouant la tête.

— Qu'est-ce que j'ai dit ?

George soupire et se tourne vers Curtis.

— S'il vous plaît ?

Curtis rit.

— Je crois que j'ai déjà gagné la bataille, soldats. Le vieillard ici présent ne pourra plus supporter aucun coup.

Je ricane et le regarde alors qu'il se penche au niveau des enfants.

— Mais nous pourrions avoir besoin de votre aide pour autre chose.

C'est manifestement la meilleure nouvelle de la journée des enfants.

— On peut aider, répondent-ils à l'unisson.

— Vous savez faire les bonhommes de neige ? demande-t-il.

— Oui ! crient les deux enfants avec enthousiasme.

Toutefois, le visage enjoué de Curtis touche cette partie inattendue de mon cœur, celle que j'essayais de garder dissimulée.

— Riley, voulez-vous un chocolat chaud ? me propose Harrison.

— Bien sûr.

J'avance vers Curtis. Son sourire est si sincère et insouciant. À ce moment, la seule chose à laquelle il pense, c'est de cocher les éléments de la liste de choses qu'il n'a jamais faites à Noël. Il ignore totalement le tourment qu'il vient de provoquer en moi.

— Que se passe-t-il ? demande-t-il.

— Rien. Va faire le bonhomme de neige le plus Bubble-icieux que cet endroit n'a jamais vu.

Je l'embrasse brièvement sur les lèvres et monte les marches jusqu'au porche de Harrison.

20

BUBBLE

J'essaie de ne pas reluquer les fesses de Riley quand il s'en va, mais c'est impossible. Je ferais aussi bien d'abandonner tout de suite. Il est impossible que je cesse de regarder ses fesses lorsqu'il s'éloigne de moi.

Ma tête, mon cœur et mon ventre sont emplis d'émotions et j'ignore quoi en faire.

Me réveiller aux côtés de Riley? C'est la meilleure chose du monde. Et de loin.

Seule une chose aurait surpassé tout cela : s'il m'avait pris pour que nous démarrions la journée avec un orgasme à m'en faire fondre les os. Mais curieusement, ne rien faire m'a paru plus intime. Comme si nous allions nous réveiller ensemble à de nombreuses reprises encore et que nous n'étions donc pas pressés.

Sa manière de me regarder constamment est déconcertante. D'un côté, j'ai l'impression qu'il me déshabille chaque fois qu'il regarde dans ma direction. D'un autre côté, je sens sa peur comme s'il s'agissait d'une entité qui vit et respire.

J'ai peur, aussi. J'ai peur de tomber amoureux de lui et de devoir soigner mon cœur brisé tout seul, une fois encore.

J'adore vivre à Windsor, j'adore mes deux boulots et tous les gamins avec qui je travaille. Déménager une fois encore à cause d'un cœur brisé ne ferait que relancer le cycle.

Deux toussotements d'enfants m'extirpent de mes songes. Je sais que Megan et Gigi ne sont pas frère et sœur, mais d'une certaine manière, ils se ressemblent tellement. C'est adorable.

— Oui ?

— Tu as dit que nous allions faire un bonhomme de neige.

Je glousse.

— Effectivement. Il n'y a qu'un seul problème.

Je me penche légèrement pour me mettre à leur hauteur.

— Je ne sais pas faire de bonshomme de neige.

Megan fronce un sourcil et donne un coup de coude à Gigi.

— Quoi ? Ce n'est pas parce qu'il ne sait pas faire un bonhomme de neige qu'il n'est pas un véritable lutin. Les lutins sont occupés à fabriquer les jouets. Ils n'ont pas le temps de faire des bonshommes de neige, déclare catégoriquement Gigi.

— J'imagine.

Je réprime mon éclat de rire.

— Alors, vous allez m'aider ?

Ils hochent tous les deux la tête et avant même que je m'en rende compte, chacun tire ma main pour me faire avancer entre les deux chalets.

— Tu vas apprendre aux autres lutins à faire des bonshommes de neige ? me demande Gigi.

— Absolument.

Je ferais aussi bien de jouer le jeu. Qui sait, j'ai peut-être été un véritable lutin dans ma vie antérieure et je ne m'en souviens pas. Cela expliquerait beaucoup de choses sur ma présence terrestre actuelle.

— Nous devons commencer par faire une boule de neige, dit Megan.

Nous tassons un peu de neige et la sculptons jusqu'à obtenir une petite boule.

— Et maintenant ? demandé-je.

— Maintenant, on la fait rouler jusqu'à ce que de la neige colle à notre boule pour la rendre plus grosse, m'explique George.

Je suis surpris que ce soit aussi facile et nous finissons rapidement avec une boule de neige d'une taille considérable. Les enfants choisissent l'endroit où ils veulent placer le bonhomme de neige et nous abandonnons cette boule pour en commencer une autre.

La seconde et la troisième sont plus petites, ce qui est une bonne chose, car je n'aurais jamais envisagé que ce soit si lourd. Je ne veux pas que les enfants se blessent. Je fais donc de mon mieux pour empiler les boules sans leur aide.

— Elles ne sont pas parfaites, constate Megan en boudant.

Je me gratte la tête par-dessus mon bonnet.

— Tu as raison. Il faut qu'elles soient plus rondes. Vous croyez que ça aidera si nous ajoutons des tas de neige et que nous les lissons ensuite ?

Ça fonctionne avec la crème au beurre, pourquoi pas avec la neige ?

— Ouais, répondent-ils au même moment.

Tandis que les enfants sont distraits par le lissage du bonhomme de neige, je regarde en direction de Riley. Il semble captivé par sa conversation avec Harrison. Je ne sais rien de ce grand homme, mais étant donné sa taille, il était peut-être joueur de football américain, par le passé.

Mon estomac s'enfonce légèrement à l'idée que Riley ait plus de sujets de conversation avec un inconnu qu'avec moi. Que sais-je, à propos du football américain ?

Je sais danser pendant un match, mais je ne m'y suis jamais suffisamment intéressé pour comprendre les règles du jeu. Je me suis contenté de coucher avec quelques-uns des nombreux joueurs encore dans le placard.

Mais tout ça, c'est du passé. Je n'ai aucune envie de coucher avec qui que ce soit.

Ce n'est pas vrai, Bubble.

Je soupire. Je suis carrément disposé à coucher avec le Coach – Riley. Mon Riley.

Il n'est pas à toi Bubble.

J'ai envie de mettre une claque à cette voix dans ma tête. Riley est à moi, pour l'instant. Du moins, jusqu'à ce que nous rentrions chez nous après Noël. Si c'est tout ce qu'il peut me donner, alors c'est… triste, mais je survivrai.

Riley regarde dans ma direction et je lui adresse un signe de la main. Son sourire est chaleureux et sa manière de me regarder est différente, maintenant. Il est peut-être trop tôt pour que je le comprenne, mais je sais que quelque chose a changé.

Nous ne nous sommes pas réveillés ensemble dans un lit pour rien, n'est-ce pas ?

Je regarde le ciel blanc qui nous promet plus de neige et souris. Ma grand-mère est là-haut, quelque part. Elle me guidera dans la bonne direction. Je le sais.

— Très bien, mes petits assistants, êtes-vous prêts à embellir notre bonhomme de neige ?

— Oui !

Je montre aux enfants mon carton rempli de vêtements et de décorations ravissantes pour bonhomme de neige. Ils s'écrient en voyant toutes les options et sortent tout avant de décider ce qui ira le mieux.

— Le Père Noël est ton petit ami ? demande Megan.

— Qui ça ?

Elle montre Riley sous le porche avec son père, en train de boire du chocolat chaud.

— Oh. Il s'appelle Riley. Il est… Il n'est pas vraiment mon petit ami.

— Mais vous passez Noël ensemble. Maman dit que Noël et les vacances importantes devraient être passés avec notre famille. Les petits amis font partie de la famille.

— Où est ta maman ? demandé-je en espérant ne pas obtenir une réponse tragique, comme « elle est morte ».

Je devrais pâtisser une dizaine de gâteaux pour me rattraper si je contrarie les enfants.

— Oh, elle va rencontrer les parents du Dr Mike. C'est son petit copain, répond-elle avant de s'approcher. Tu savais qu'ils allaient se marier, comme papa et Fletcher ? Dr Mike m'a demandé si ça ne me dérangeait pas qu'il demande à maman de l'épouser et j'ai dit que non. Maman ne le sait pas encore.

Elle serre ses petites mains devant elle, d'un air enthousiaste.

Je souris.

— C'est la chose la plus cool que j'ai jamais entendue.

— On a demandé à nos papas d'avoir un petit frère ou une petite sœur à Noël, m'informe Gigi.

— Oh, vraiment ? Et qu'ont-ils répondu ?

Les deux enfants haussent les épaules.

— Papa avait l'air vraiment effrayé, explique Megan. Genre, ses yeux se sont ouverts en trèèès grand et Fletcher a ri.

Elle glousse.

— Ma maman et le Dr Mike auront peut-être des bébés, bientôt.

— Est-ce qu'ils seraient quand même ma sœur et mon frère ? demande Gigi.

— Évidemment, répond Megan.

Je pose la main sur leurs têtes couvertes d'un bonnet.

— Vous êtes sans doute les personnes les plus adorables que j'ai jamais rencontrées. C'est un fait.

Ils me gratifient tous les deux d'un large sourire et Gigi chuchote ensuite à l'oreille de la petite fille. Megan écarquille les yeux tout en se tournant vers moi.

— Ça veut dire que nous aurons ce que nous voulons pour Noël ?

Je hausse les épaules.

— Je n'ai pas l'autorisation du Père Noël pour connaître cette information. Mais je lui dirai que vous avez été très gentils et que vous m'avez bien aidé en m'apprenant à faire mon tout premier bonhomme de neige.

Ils semblent satisfaits de ma réponse et recommencent à choisir les accessoires du bonhomme de neige.

Je les dévisage. Je n'ai jamais vraiment songé à l'idée d'avoir des enfants, par le passé, mais ces deux-là me donnent envie d'être père.

À quoi ressembleraient deux petits Bubble ? Je ricane tout seul. Ils seraient difficiles à gérer, c'est certain.

Je me tourne une fois de plus vers Riley et mon cœur loupe un battement.

Ne bouge pas. Ne bouge pas.

21

COACH

Je sirote le chocolat chaud avec les guimauves dans la tasse immense et fumante que m'a donnée Harrison.

— Mon Dieu, c'est trop bon pour que ce soit sain pour ma santé.

— Ne me regardez pas. Fletch dit qu'à Noël, toutes les calories sont gratuites.

Je ris.

— Si seulement c'était vrai.

— Comment ça se passe, entre Bubble et vous ? Nous nous sentons vraiment mal à cause de la situation dans laquelle nous vous avons mise.

Je balaye sa remarque d'un geste de la main.

— Vous n'aviez aucun moyen de le savoir, tout comme Bubble n'aurait pas pu le savoir. Ça se passe bien.

Il hausse un sourcil.

— Bien, c'est tout ? Est-ce un baiser que j'ai vu juste avant de rentrer pour aller chercher le chocolat chaud ? Corrigez-moi si je me trompe, mais l'impression que j'ai eue quand nous sommes arrivés, c'est que vous n'étiez pas *si* proches auparavant.

Il boit une gorgée de sa boisson et soupire.

— Seigneur, je passe beaucoup trop de temps avec Fletcher. Je suis désolé. Ça ne me regarde pas. Vous pouvez ignorer ce que j'ai dit et nous pouvons nous contenter de superviser les enfants pour être sûrs qu'ils ne se transforment pas en stalagmites.

Je ricane.

— Ce n'est pas grave. Vous avez bien analysé la situation. Nous n'étions pas si proches. J'irais même jusqu'à dire que nous n'étions même pas amis. Quand vous êtes arrivés hier, j'étais là pour m'excuser auprès de Bubble parce que je me suis comporté comme un salopard avec lui la veille.

Harrison rit.

— Qu'y a-t-il de drôle ?

Il essuie la neige sur la rambarde du porche et pose sa tasse.

— J'ai rencontré Fletcher lors d'une mise aux enchères caritative de célibataires. Il m'a gagné et il a été si direct dans ses intentions que je l'ai immédiatement détesté, même s'il était la personne la plus sexy que j'avais jamais vue. Quelques mois plus tard, j'ai emménagé à Stillwater avec mon ex et ma fille.

Il boit une autre gorgée de son chocolat chaud.

— Devinez qui vivait aussi à Stillwater ? Devinez quel enfant se trouvait dans la classe de ma fille ? Disons juste que nous avons eu des débuts difficiles, mais nous avons retrouvé notre chemin l'un vers l'autre, finalement.

— Ce qu'il veut dire, c'est qu'il était à moi dès l'instant où je l'ai acheté. Il a simplement eu besoin d'une éternité pour se rendre compte que c'était non-négociable. Il est à moi pour toujours, dit Fletcher en sortant du chalet avec sa propre boisson et en s'installant contre Harrison.

Ils ont vraiment l'air amoureux. Ils partagent ce genre d'amour pour lequel vous abandonneriez n'importe quoi.

Le genre que je ne suis pas certain d'avoir déjà eu avec Mel, bien que je l'aie beaucoup aimé.

Je regarde Curtis et les enfants. Ils ont roulé trois boules de neige géantes que Curtis a empilées pour former le bonhomme de neige. Megan enfonce deux brindilles pour faire les bras et George tient une écharpe ainsi qu'une cravate en direction de Curtis, qui donne l'impression qu'il réfléchit à la décision la plus importante de toute sa vie.

Les mecs à côté de moi commencent à parler de leurs plans consistant à glisser les cadeaux de Noël des enfants sous le sapin, cette nuit. Ils discutent également de certains détails de leur mariage.

Cela me semble si naturel et domestique. J'ai l'impression de faire irruption dans leur espace personnel. Je reste donc silencieux et observe la personne qui bouleverse mon monde et qui me pousse à envisager un départ de zéro à quarante-six ans.

Le portable de Harrison sonne, mais Fletcher le lui prend de la main avant qu'il ait eu la chance de décrocher.

— Stella, chérie, il faut qu'on parle, dit-il.

Harrison lève les yeux au ciel.

— C'est maman ? demande Megan en courant dans les marches pour venir à notre rencontre.

— C'est ça, ma puce, dit Fletcher. Tu veux lui parler ?

— Oui, s'il te plaît.

Megan prend le téléphone et court à nouveau dans les marches, apparemment pour passer un appel vidéo afin que sa mère puisse voir leurs efforts de construction du bonhomme de neige.

— Quel est l'intérêt d'être meilleur ami avec ton ex-femme si tu ne peux pas passer outre ton fiancé pour lui dire bonjour ? plaisante Harrison en secouant la tête vers Fletcher.

— Stella et moi, nous nous comprenons.

Harrison lève les yeux au ciel.

— Je parie que oui.

— Attendez. Votre ex est une femme ? demandé-je avant de me rendre compte que ma question est vraiment malpolie et déplacée. Je suis vraiment désolé. C'était déplacé et ça ne me regarde pas du tout.

Harrison sourit.

— Excuses acceptées. Oui, je suis bisexuel et Fletcher l'est aussi. Nous avons l'habitude que les gens supposent que nous sommes gay, parce que nous sommes ensemble. Ce n'est pas grave.

J'acquiesce. Je dis toujours à mon équipe que s'ils doivent me parler de quoi que ce soit, ils peuvent le faire. Que ce soit des problèmes familiaux, personnels ou scolaires. Il est parfois plus facile de s'ouvrir à un inconnu plutôt qu'à quelqu'un dont vous êtes trop proche.

Curtis enroule prudemment une écharpe rose autour du bonhomme de neige.

Pourrais-je parler à ces deux mecs ? Ils ont fréquenté des femmes. Ils comprennent peut-être cette confusion, cette transition ou peu importe le nom de ce qu'il se passe en moi.

— On dirait que vous réfléchissez sérieusement à quelque chose, dit Harrison.

— Euh… ouais. Mon Dieu, je ne sais pas comment dire ça ou même pourquoi je le dis. Je suis hétéro. Ou du moins, je me suis toujours considéré comme hétéro. J'ai été marié pendant vingt-trois ans et je n'ai jamais regardé une autre personne. Et maintenant ?

Je lève les mains vers l'arête de mon nez.

— Vous êtes attiré par quelqu'un qui n'est pas une femme, dit Harrison en jetant un coup d'œil à Curtis.

J'acquiesce.

— Quelqu'un pour qui je n'aurais jamais imaginé ressentir une attirance.

Je regarde Curtis, également

— Comment puis-je arriver à mon âge et ne pas savoir que je suis attiré par les hommes ?

— Êtes-vous attiré par les hommes ? Suis-je attirant pour vous ? Ou Fletcher ?

J'y réfléchis. Oui, ils sont beaux, comme la plupart des hommes avec lesquels j'ai travaillé au cours de ma carrière, mais il n'y a aucune autre réaction. Mon corps ne ressent rien. Je ne ressens rien.

— Non.

— Je n'aime pas les étiquettes, mais comme je me suis rendu compte que j'aimais à la fois les mecs et les filles, j'ai découvert que l'étiquette bisexuelle est celle avec laquelle je suis à l'aise. C'est peut-être quelque chose que vous pouvez découvrir par vous-même. Cependant, vous devriez peut-être vous renseigner sur la demisexualité ou la pansexualité.

Je regarde fixement ce qu'il reste de mon chocolat chaud. Je me suis déjà interrogé sur la pansexualité, mais jamais sur la demisexualité.

Comme certains de mes joueurs ont fait leur coming-out et appartiennent à la communauté LGBTQ+, je me suis assuré que nous soutenions non seulement le joueur, mais également leur communauté. Nous avons beaucoup travaillé sur le plan caritatif et nous en avons appris beaucoup sur le genre et la sexualité. L'un de mes regrets, depuis que j'ai quitté mon boulot avec les Marinos, est que ce genre de travail communautaire me manque.

— Hé, Coach, tu veux nous aider à habiller Monsieur McGivré ? hurle Curtis.

— Tu *me* demandes vraiment des conseils de mode ?

— Oui, tu as raison, répond-il en me faisant un clin d'œil. Venez, mes petits lutins. Voyons voir ce que nous avons d'autre dans ce carton rempli de choses magiques.

Une fois encore, je regarde Curtis, émerveillé, pendant qu'il aide les enfants à choisir les bons accessoires pour habiller leur bonhomme de neige. Il les porte ensuite pour qu'ils puissent atteindre la tête du bonhomme de neige. Il est vraiment doué avec eux. Je me demande s'il veut avoir des enfants, un jour.

Je me rends alors compte que même si nous avons tant essayé d'avoir un bébé pendant si longtemps, Mel ne s'est jamais intéressée aux enfants des autres. Comment peut-on avoir envie de devenir parent et ne pas réagir quand on se trouve auprès d'enfants ? Mais, après tout, la base de notre mariage était un mensonge, donc plus rien ne me surprend.

— Merci, Harrison, dis-je. Parfois, on peut passer sa vie sans voir ce qu'il se passe autour de toi, n'est-ce pas ?

— Et parfois, tout ce qu'il y a à faire, c'est d'ouvrir les yeux et tout ce qu'il nous faut est juste devant nous, déclare-t-il.

Je soupire.

— Il est trop jeune.

Harrison me gratifie d'un sourire narquois.

— Vraiment ? C'est l'excuse que vous choisissez ?

— Vous ne pouvez nier qu'il y a un écart d'âge significatif entre nous. Il n'a que vingt-six ans. Je serai un vieil homme retraité quand il sera encore dans la fleur de l'âge. Il a tant de vie en lui. Je ne peux pas être celui qui le tirera en arrière.

— Ce n'est peut-être pas à vous de prendre cette décision. Étant donné le regard qu'il vous jette toutes les deux secondes, je dirais qu'il est plus impliqué dans ce que vous partagez que vous ne le croyez.

Voilà ce que je crains. Pendant si longtemps, je n'ai pas compris pourquoi Curtis s'intéressait à moi. Désormais, cela commence à devenir plus clair, mais l'air est encore trop embrumé, tout comme dans le vestiaire de l'école.

— Regarde, papa ! crie Megan. C'est le plus beau bonhomme de neige du monde, hein ?

Nous allons tous inspecter le dur labeur de la jeune équipe.

Curtis se glisse à côté de moi dès que je suis assez proche et je passe le bras autour de son épaule. C'est si agréable que je l'attire contre moi et l'embrasse sur la tempe.

Fidèle à Bubble, le bonhomme de neige ne ressemble pas à n'importe quel bonhomme de neige. L'écharpe autour de son cou est rose, bien sûr, et des décorations de Noël y sont suspendues. Les boutons sont noirs pour être assorti au chapeau, mais une bande rose pailletée entoure le chapeau pour qu'il soit assorti à l'écharpe.

Le bonhomme de neige porte même une paire d'après-ski.

— Le bonhomme de neige étincelle ? demande Fletcher.

— Oui, répond Curtis. Je me suis servi de paillettes comestibles, donc elles se dissoudront quand le bonhomme de neige fondra.

— Vous avez fait de l'excellent boulot, dis-je.

— Excellent ? Megan, Gigi, vous avez entendu ça ? Coach a dit que nous avions fait de l'excellent travail.

Les deux enfants secouent la tête et je regarde Curtis, confus.

— Qu'avons-nous fait ? leur demande-t-il.

— Nous avons fait le bonhomme de neige le plus super-licieux du monde, répondent-ils à l'unisson.

Je fais une révérence devant eux.

— Je vois que c'est mille fois mieux que « excellent ». Mes excuses.

— Très bien, vous deux, dit Harrison. Il est temps pour vous de rentrer et de vous réchauffer.

Les enfants courent en direction de Curtis et l'étreignent, tout comme moi, par extension.

— Merci d'avoir fait un bonhomme de neige avec nous.

Peut-être que demain, on pourra faire des anges de neige de Noël, dit George.

— J'adorerais, répond Curtis.

Une émotion se loge dans ma gorge et je sais que je dois ramener Curtis à l'intérieur du chalet. J'ai besoin que nous passions du temps rien que tous les deux pendant un moment.

Une fois que les enfants sont hors de portée de voix, je pose la main sur son menton afin de regarder ses beaux yeux verts.

— Tu vas bien ? demande-t-il avant que son regard dérive vers le mien.

Je vois l'inquiétude qui se lit dans ses yeux.

— J'ai besoin de toi, Curtis. De toi, tout entier.

22

BUBBLE

La manière dont Riley me regarde est pure. Comme s'il voulait me consumer, mais qu'il était à la fois effrayé et impatient de commencer.

— Très bien, entrons.

Je lui prends la main et il me suit.

Nous ne parlons pas lorsque nous pendons nos manteaux et que nous chassons la neige de nos bottes avant de les poser sur le plateau.

Le silence me tue, car j'ignore ce qu'il pense. Je veux savoir s'il est vraiment prêt pour ça, s'il ressent ce que je ressens. Ce n'est pas grave, si ce n'est pas le cas, mais j'ai besoin de le savoir.

— Tu as faim ? Je pourrais te préparer quelque chose à manger, dis-je en avançant vers le frigo.

— Curtis.

— Rien de trop compliqué. Je vais céder et me contenter de te faire un sandwich. Un bon, pas l'un de ces trucs que tu appelles sandwich.

— Curtis.

Sa voix est plus proche, désormais. Je frissonne à cause de

cette proximité. Pourquoi franchir cette nouvelle étape me fait si peur ?

Parce que tu tiens déjà bien trop à lui et que tu crains d'être blessé.

Oh, ferme-la, espèce de cerveau stupide.

— Il y a quelques restes d'hier soir. De l'effiloché de porc et…

Je laisse échapper un cri perçant quand mes pieds, dans leurs chaussettes, quittent le sol et que je suis emmené dans la chambre sur l'épaule de Riley.

Il me laisse tomber sur le lit, ce qui me fait rebondir, et me suit ensuite, en couvrant mon corps avec le sien.

— Dis-moi que tu en as encore envie, Curtis.

Sa voix est brute, vulnérable.

— Plus que tout, Riley.

Il ferme les yeux, comme s'il souffrait. Je tends la main et lui masse les tempes.

— Ça te dérange que je sois beaucoup plus âgé que toi ? me demande-t-il.

— Quoi ? Non, pas du tout.

— Dans dix ans, j'aurai cinquante-six ans. Tu ressentiras la même chose à ce moment-là ?

Je souris.

— J'ai aimé beaucoup de choses pendant plus longtemps et je n'ai pas changé d'avis. Riley, je suis peut-être Bubble, mais souviens-toi que je suis aussi Curtis. Parfois, je ne veux pas être celui qui remonte le moral de tout le monde. Parfois, je veux me blottir au lit avec un livre. Parfois, je veux que quelqu'un me prépare un gâteau.

— Je ne sais pas pâtisser, me dit-il.

— Je connais un endroit excellent, à Chester Falls.

Il sourit et appuie son front contre le mien.

— Je ne veux pas gâcher ça. Tu es trop spécial et je ne veux pas te faire de mal.

— Tu me feras seulement du mal si tu me veux, mais que tu refuses de suivre ton cœur.

— J'ai suivi mon cœur une fois, et…

Il ferme les yeux, comme s'il s'agissait d'un souvenir douloureux.

— Puis-je te toucher ?

— Je suis à toi, chuchoté-je.

Il passe les mains dans mes cheveux.

— J'aime l'odeur de tes cheveux et leur douceur.

Il m'embrasse ensuite sur le front, sur les joues, dans mon cou, mais ne s'approche nullement de ma bouche.

Je lève les bras pour l'encourager à retirer mon haut, ce qu'il fait de la plus lente des façons connues de l'être humain. Je brûle de l'intérieur, tant il va lentement.

Lorsqu'il embrasse mon sternum, je passe les doigts dans ses cheveux pour l'encourager à se rapprocher de mes tétons, mais il m'attrape les mains et les place au-dessus de ma tête.

— Tu me tues, Riley.

— Tu as dit que tu étais à moi. Je te savoure, c'est tout.

— Tu peux me savourer plus vite ?

Il glousse, mais ne change pas ce qu'il est en train de faire. Sa traînée de baisers se poursuit jusqu'à mon ventre et je me mords la lèvre pour éviter de gémir. Ça ne m'aide pas beaucoup, car ses lentes caresses pourraient me faire jouir dans mon pantalon tant je suis impatient.

— Pour info, si tu prêtes attention à mes tétons, je vais peut-être aimer, lui dis-je en essayant d'avoir l'air moins pourri gâté que ma voix le laisse penser.

Il se redresse et m'embrasse jusqu'à ce que je pourchasse sa bouche quand il me relâche.

— Pour info, quémander ne te mènera pas bien loin.

— Mais ça me mènera *quelque part*.

Lorsque ses lèvres rencontrent les miennes, je sens son sourire. Je sais qu'il me donnera ce que je souhaite.

Lorsqu'il prête *enfin* attention à mes tétons, je laisse échapper des gémissements libérés. Merde alors, cet homme sait ce qu'il fait. Il les lèche et les suce pour les transformer en pics avant de les mordre, de souffler doucement dessus et de les lécher une fois encore.

— Merde, merde, Riley. Il m'en faut plus. S'il te plaît.

Il défait le bouton de mon jean et l'abaisse. Comme il est serré, mon sous-vêtement suit.

Ma verge est rouge et suinte. Il la caresse lentement à plusieurs reprises.

— Je n'aurais jamais cru dire que la queue d'un autre homme est belle. Mais regarde-toi, Curtis. Ton corps me supplie de le libérer, à cause de la façon dont je te touche. C'est la plus belle chose que j'ai vue de ma vie.

Il s'agenouille et retire son pantalon ainsi que son sous-vêtement.

— Sainte Mère des hommes bien dotés. Je vais commencer à aller à l'église.

Il baisse les yeux vers son membre engorgé et le caresse longuement.

— Tu l'as vu hier.

— *Une fois* que tu as joui. Je ne pensais pas qu'elle deviendrait *aussi* grosse.

Il me gratifie d'un sourire narquois.

— Je ne pensais pas que la taille comptait pour toi.

Je m'assieds pour l'attirer une fois encore au-dessus de moi et m'assurer que sa torpille est au bon endroit.

— Ce n'est pas le cas, mais j'ai hâte de passer tout le mois de janvier à me souvenir de ce moment chaque fois que je bougerai d'un millimètre.

Mon Dieu, j'aime à quel point il est géant et lourd. Je m'agrippe à ses bras musclés. Ils se contractent lorsqu'il se retient et je ne peux m'empêcher de glisser les mains sur ses muscles tendus. Il est vraiment en forme pour son âge et, comme le meilleur des vins, il s'améliorera encore et encore.

— J'aimerais essayer quelque chose, me dit-il.

— D'accord.

Il ne me quitte pas des yeux alors qu'il descend le long de mon corps et suce ma peau ici et là. Je suis sûr que j'aurais des ecchymoses demain.

Merde, j'espère que j'aurai des ecchymoses demain et après-demain parce que j'aurai besoin de me rappeler, à l'avenir, quand tout sera fini, que c'est vraiment arrivé.

Je devrais sans doute prendre des photos. Je note mentalement de le faire.

La bouche du coach s'approche de plus en plus de ma verge enflée. Mon corps vibre d'impatience. Va-t-il la toucher comme il l'a fait hier ?

Comme je l'espérais, il tient mon sexe et le caresse à quelques reprises. Il glisse ensuite sa langue de la base jusqu'au gland et le prend dans sa bouche. Je crie alors de plaisir.

— Tu as un vrai goût de fraise. Comme je l'imaginais, me dit-il.

Je veux faire une plaisanterie et lui demander de goûter mon cul, pour vérifier si c'est vrai, mais mes mots se coincent dans ma gorge lorsqu'il prend mon sexe plus profondément dans sa bouche.

Il a un léger haut-le-cœur quand mon gland heurte le fond, mais ça ne l'arrête pas.

Cet homme. Que me fait cet homme ?

J'écarte mes jambes encore davantage pour lui offrir plus d'espace, mais au lieu de se mettre plus à l'aise, il s'interrompt.

— Qu'est-ce qui ne va pas ? Tu veux arrêter ? Ce n'est pas grave, si c'est le cas, mais je te tuerai si tu ne me finis pas au moins avec ta main, dis-je en boudant.

Il sourit et ses lèvres scintillent à cause de la salive et d'une partie de mon liquide préséminal. Il n'a jamais été si sexy. Il me lèche en baissant les yeux.

— J'ai loupé le cours de télépathie, Coach. Que se passe-t-il là-dedans ?

— Chhut, accorde-moi un moment.

J'appuie ma tête contre l'oreiller. J'ai promis qu'il aurait le champ libre avec mon corps, alors j'imagine que si je n'ai pas le choix, je pourrais m'exercer à avoir de la patience.

Mais je veux vraiment avoir un orgasme.

Enfin, j'en veux deux. J'ai besoin du premier pour lâcher prise avant de me détendre suffisamment pour prendre la verge du coach, puissante comme une fusée, en moi.

Mon sexe palpite quand je l'imagine en train de m'emplir. Cela fait si longtemps que je n'ai pas eu une bonne baise satisfaisante.

— Quelle position sera plus confortable pour que tu me prennes ? demande-t-il.

— Sur mon ventre, avec quelques coussins en dessous ou à quatre pattes.

Il semble y réfléchir un moment et me retourne. Mon visage s'enfonce dans l'oreiller et je m'appuie donc sur mes coudes pour me mettre à quatre pattes et regarder ce qu'il fait derrière moi.

Je le vois tendre la main vers la table de nuit et attraper une bouteille de lubrifiant à la fraise. Je hausse un sourcil.

Il a du lubrifiant dans son chalet qui sent la fraise ? Depuis combien de temps pense-t-il à ça, exactement ?

— C'était une coïncidence, dit-il. Il y avait une rupture de lubrifiant neutre au magasin.

— Bien sûr.

Je le gratifie d'un petit sourire et il m'assène une claque sur les fesses. J'en suis encore plus excité que je ne le devrais et il semble que j'émets tous les bruits qui conviennent, car je reçois une claque sur l'autre fesse pour équilibrer.

Mon pénis suinte sur la couverture en dessous.

— Arghh, putain…

Il lisse la zone de ses mains et je ne doute pas que ma peau est toute rougie.

— Au cas où tu te poserais la question, je ne suis pas fan des fessées.

— Tu aurais pu me berner.

— Salopard.

Il glisse la main de haut en bas sur ma colonne vertébrale et fredonne.

— Tu es tendu comme un ressort.

— C'est parce que j'ai besoin de jouir et que tu me provoques.

Il rit.

— Bien, laissez-moi voir si je peux accélérer pour vous, votre Altesse Royale Réclamant des Orgasmes.

Je me mords la lèvre et me demande ce qui lui passe par la tête, étant donné la position dans laquelle je me trouve. Va-t-il me doigter jusqu'à ce que je jouisse ? Cela m'aiderait certainement à me préparer à prendre sa verge de rêve.

Mon esprit me présente tous les différents scénarios alors que le moins probable se produit. Sa langue mouillée et chaude couvre mon orifice avant qu'il suce et réussisse à donner un baiser langoureux à mon anus comme si j'étais un danseur de cancan.

— Cupcakes, caramel, vermicelles et putains d'étoiles, hurlé-je. S'il te plaît, ne t'arrête pas.

Mon orgasme chancelle. Comme s'il en avait conscience, Riley caresse mon érection au moment où il me pénètre de sa langue et c'est le signal pour moi. Je jouis dans une flopée de jurons, comme si je lançais une nouvelle religion.

— Tu… c'est… bordel de merde… Riley.

Je tombe sur la couverture, sans me préoccuper du fait que je suis plus ou moins allongé dans une flaque de ma propre semence.

Il s'allonge sur le côté en me caressant le dos.

— J'ai dit que je n'avais jamais fréquenté d'homme. Je n'ai jamais dit que je ne savais pas quoi faire au lit.

— Espèce de prétentieux.

Je suis face contre l'oreiller. Ainsi, mon insulte est étouffée et dépourvue de toute malice. Il peut me bouffer le cul quand il le veut. Je lui ferai même une pancarte.

Le cul de Bubble est ouvert. Buffet gratuit. Mangez autant que vous le voulez.

Je me tourne pour être face à lui.

— Que suggères-tu qu'on fasse, maintenant? Parce que tu as rendu mes jambes aussi molles que des nouilles.

Il se penche pour m'embrasser.

— Testons cette vitesse de récupération des jeunes et faisons-le à l'ancienne.

— Comme je l'ai dit, Coach. Je suis tout à toi.

23

COACH

Je retourne Bubble et, effectivement, son ventre est couvert de semence. Ça ne me dérange pas. Rien de tout ça ne me dérange.

C'est plutôt le contraire. Je n'ai jamais été si excité pour quelqu'un, autant au diapason avec les besoins de quelqu'un d'autre. Bien que je n'aie pas d'expérience au-delà de Mel, je pensais me sentir plus nerveux ou inquiet.

C'était le cas, au début, mais voir Curtis réagir à mon contact m'a retiré chaque once de doute sur ce que je fais et sur ce que je ressens à l'idée d'être avec un autre homme.

— Ça te dégoûte ? demande-t-il en baissant les yeux vers son ventre.

Je glisse un doigt dans sa jouissance, sentant ses muscles tendus, puis je le lève jusqu'à mon doigt pour le goûter.

Il grogne, puis se retrouve ensuite sur moi. Sa langue cherche la mienne, me goûtant et me taquinant. Je sens son membre durcir une nouvelle fois contre nous.

Son baiser me distrait tant que je ne me rends pas compte que je suis maintenant sur le dos et qu'il me chevauche.

— Coach, tu es un sachet de gourmandises fermé par un

joli nœud papillon. Personne ne devinerait ce qui se trouve à l'intérieur. Mais maintenant que je le sais, je veux continuer de regarder, pour voir ce que tu as d'autre.

Je ris.

— Visiblement, tu es prêt pour une des autres choses que je possède.

Il baisse les yeux vers l'endroit où nos sexes sont pris en sandwich ensemble.

— J'étais déjà prêt à ma naissance. Donne-moi le lubrifiant.

Je l'attrape et il me le dérobe, l'ouvre et en dépose une bonne dose sur ses doigts avant de tendre les mains pour toucher son anus.

— Tourne-toi. Je veux voir, demandé-je.

Ses yeux verts s'assombrissent incroyablement et il s'exécute. Nous sommes dans la position du cow-boy inversé et je suis au premier rang pour voir la beauté qu'est son cul.

Il ajoute un doigt et ma verge tressaute quand je le vois disparaître dans son orifice. Il paraît si petit.

— Je ne tiendrai jamais là-dedans.

Il glousse et ajoute ensuite deux doigts, laissant échapper un gémissement. J'attrape ses fesses et les écarte pour avoir une meilleure vue.

— Tu profites du spectacle, Coach ?

— Il est exquis.

— Je te promets que tu tiendras et que ce sera vraiment bon.

Un troisième doigt entre, et désormais, Bubble chevauche sa main. Il a tourné la tête pour être face à moi et je caresse donc mon sexe négligé pour lui montrer à quel point j'ai hâte d'être en lui.

J'attrape le lubrifiant et recouvre généreusement mon membre. Il s'est peut-être bien préparé, il va tout de même falloir qu'il fasse quelques efforts pour me prendre.

— Mon Dieu, ton cul est une œuvre d'art.

— Tu parles, mais tu ne fais rien, ça rend Bubble impatient.

Il incline ses fesses en arrière et je comprends le message.

J'aligne ma verge avec son orifice et la maintiens en place alors qu'il s'abaisse sur moi.

J'ai l'impression que ma tête est sur le point d'exploser. Je n'ai rentré que deux centimètres et je doute sérieusement de mon endurance. Il est vraiment serré.

— Seigneur, Curtis, tu es… merde.

Il ne dit rien. Ses mains sont sur ses jambes et je vois ses muscles se contracter lorsqu'il s'empale lentement sur moi.

Une fois qu'il est correctement assis, il souffle.

— Tu vas bien ? lui demandé-je.

— Trois doses de farine, trois doses de sucre, quatre œufs…

— Qu'est-ce que tu fais ?

Il soupire.

— À ton avis ? J'essaie de ne pas avoir un putain d'orgasme ici et maintenant parce que ton missile me remplit comme un corn-dog pendant un match de football américain. Si j'ai ne serait-ce qu'une pensée sexy, je vais jouir.

Je ris, car j'ai l'impression que cette perspective le rend presque furieux.

Il termine ce qui ressemble à la recette d'un gâteau, puis il tourne la tête.

— Tu es prêt pour l'aventure de ta vie, Coach ?

— Je croyais que c'était toi, qui t'aventurais sur moi, répliqué-je.

Il me sourit et se lèche les lèvres, ce qui me donne envie de l'attirer vers moi pour l'embrasser. Il se relève ensuite jusqu'à ce que seul mon gland soit encore en lui, puis il redescend.

La sueur perle sur mon front alors que j'essaie de garder mon calme.

— Meeerde, Bubble, tu es trop bon. Tellement serré, dis-je en grinçant des dents.

Il conserve un rythme régulier, mais je vois ses cuisses trembler. Soit il est fatigué à cause de la position, soit il ne tient plus qu'à un fil, tout comme moi.

Je m'assieds et le tiens par la taille quand il est bien installé.

— Tu es vraiment génial, Curtis, dis-je en suçotant la peau de son cou.

Il est si léger et si petit que je pourrais me déplacer n'importe où, tout en étant en lui. Je garde cette pensée pour une autre fois. Pour l'instant, nous avons tous les deux besoin de nous soulager.

Je glisse les mains devant lui et le pousse légèrement en arrière pour que nous nous allongions, son dos contre mon torse.

— Glisse tes pieds vers l'avant et bouge, maintenant.

Sa peau rougit à cause de mon ordre.

— Tu aimes qu'on te dise quoi faire ?

Il se mord la lèvre et acquiesce.

— Alors, fais-le.

Il relève ses hanches et redescend ensuite.

— Riley, hurle-t-il.

Sa réaction est différente de la précédente. Son corps tremble alors que je viens à la rencontre de ses coups de reins.

— Chéri, je vais jouir, lui dis-je à l'oreille. Tu veux bien jouir pour moi ?

Je tends les mains vers son érection, mais il les saisit et entrelace ses doigts avec les miens. Nos grognements joints doivent s'entendre sur des kilomètres. Toutefois, nous sommes trop perdus pour nous en préoccuper.

Nous maintenons le rythme. Je m'enfonce en lui alors

qu'il tombe sur ma verge comme s'il rentrait chez lui. Peu de temps après, Curtis jouit dans le plus beau des orgasmes que je n'ai jamais vus, un orgasme qui secoue son corps entier.

Je le serre contre moi pendant qu'il tremble et crie mon nom.

Après quelques coups de reins, ma petite mort suit et je l'emplis encore et encore. Cette jouissance est pure, brute et charnelle.

Il pose la tête sur mon torse. Ses cheveux sont trempés de sueur, tout comme les miens. Nous sommes poisseux et bientôt, nous ressentirons le froid, mais ni l'un ni l'autre, nous ne sommes visiblement prêts à bouger.

— Je crois que ton canon m'a tué, Coach.

Je ricane.

— Tu gagnerais certainement la médaille d'or dans un rodéo.

Il glousse.

— C'est bien vrai. Yiihaa.

Mon sexe ramollit et finit par se glisser hors de lui. Est-il étrange que je veuille voir ma semence suinter hors de son anus ?

Que m'arrive-t-il ? Pourquoi ai-je l'impression que je revendique ce garçon tel un animal possessif ?

Je m'assieds lentement, en l'emportant avec moi, puis je le soulève pour l'emporter dans la salle de bain.

Ses bras sont croisés et sa manière de me regarder fait louper quelques battements à mon cœur.

— Tu es adorable quand tu es fatigué, tu le sais ?

— Accorde-moi une mi-temps de douze minutes, Coach, et je serai prêt pour la seconde moitié de la partie.

Je le repose sur le carrelage de la salle de bain et fais couler l'eau dans la douche. Cette cabine a un vieux système qui prend un moment pour chauffer. Je me retourne donc vers mon homme insatiable au goût fraise.

Attendez. Le mien ? Garde la tête froide, Riley. Il n'est pas à toi. Bulle de Noël, tu te souviens ?

— Douze minutes, tu dis ?

Je pose les mains de chaque côté de son corps, le coinçant contre l'évier.

Il plisse les yeux et se mord les lèvres avant de les lécher sensuellement. Il baisse alors les yeux.

Je suis son regard et suis surpris de constater qu'il bande déjà à moitié.

— Nom de Dieu, qu'est-ce que tu manges ? Je ne me souviens pas que je m'en remettais aussi vite à ton âge.

Il passe les bras autour de mon cou et se soulève pour me tenir comme un koala. Je souris et l'aide à rester en place en posant les mains sur ses fesses. Ce n'est clairement pas une corvée.

— Premièrement, Riley, dit-il avant de m'embrasser sur la joue. Tu m'excites terriblement. Je ne peux pas m'en empêcher.

Il m'embrasse sur l'autre joue.

— Deuxièmement, John, j'attends que tu me remarques depuis plus ou moins un milliard d'années et cinq cents gâteaux, ajoute-t-il avant de m'embrasser sur les lèvres.

Cette fois-ci, il s'attarde jusqu'à ce que mon propre membre soit à demi levé. Je sais que je n'arriverais pas à avoir une véritable érection, mais ce que cet homme me fait est plus qu'incroyable.

— Et troisièmement, Dempsey, conclut-il avec mon nom de famille. Je n'ai pas de troisièmement. Je te veux, c'est tout. Malgré la tempête et l'absence de Juju, j'ai l'impression qu'on m'a offert le meilleur des cadeaux de Noël.

— Je suis désolé que tu ne puisses pas voir ton amie lors de ce Noël. Je sais que tu avais prévu beaucoup de choses. Tu veux bien me parler un peu plus d'elle ?

Il me regarde un instant et acquiesce.

— Très bien, alors. Nettoyons-nous.

Je l'emporte jusqu'à la douche et le repose ensuite.

Nous nous lavons mutuellement, sans précipitation, jusqu'à ce que nos deux estomacs gargouillent.

Je change les draps pendant que Bubble nous prépare quelque chose à manger. Je lui ai fait promettre de ne rien préparer de trop compliqué. Il doit se détendre un peu, lui aussi.

Une fois que nous mangeons les sandwichs qu'il a préparés – qui ont un goût de casse-croûte gastronomique, car cet homme ne fait rien à moitié –, nous nous asseyons sur le canapé devant la cheminée.

— Bon, parle-moi de ta meilleure amie, dis-je.

Il s'assied, pour que son dos soit appuyé contre le dossier du canapé et ses jambes posées au-dessus des miennes. Il porte actuellement un pantalon de yoga vert citron et un haut qui est si court que je vois ses abdominaux. Je pose le bras sur ses épaules et le rapproche de moi, tout en posant l'autre main sur sa peau exposée.

— Si tu me fais encore bander, la seule chose dont nous parlerons, c'est de ta queue sous-marine qui s'est mise à quai dans mon cul.

Je ris.

— Je vais me tenir.

Il hausse un sourcil et montre l'endroit où je décris inconsciemment des cercles sur son ventre avec mon pouce.

— D'accord, d'accord. J'arrête.

Il soupire.

— Ne t'arrête pas. Bref, tu veux en savoir plus sur Juju.

24

BUBBLE

Riley est clairement mille fois plus confortable que le canapé. Si seulement je pouvais le rapporter à la maison à la fin de ces vacances. Je m'assiérais constamment sur lui et pas toujours nu. Je sais me contrôler, parfois.

— J'ai rencontré Juju à l'université. Nous étions tous les deux dans l'équipe de cheerleading. Je l'ai regardée, elle m'a regardé, et c'est comme si l'univers s'était aligné. Nous sommes devenus meilleurs amis, ce jour-là.

Riley sourit.

— C'est un concept si étrange, car je ne vois pas comment je pourrais laisser quelqu'un devenir proche si rapidement, mais curieusement, ça te ressemble tellement, n'est-ce pas ?

J'acquiesce.

— Quand tu le sais, tu le sais. Nous sommes devenus inséparables. Si j'avais vécu dans un des dortoirs, nous serions clairement devenus colocataires.

— Où vivais-tu ?

— Avec ma grand-mère. Elle est tombée malade quand

j'ai fini le lycée, alors je suis allé à la fac du coin pour rester avec elle.

— Tu avais prévu autre chose ? Si elle n'était pas tombée malade, je veux dire, demande-t-il.

— Oui. Je voulais aller à l'université du Kentucky, parce qu'elle avait le meilleur programme de cheerleading, mais j'ai changé. Mamie était si furieuse qu'elle ne m'a pas parlé pendant des jours.

Je souris, en me souvenant qu'elle avait même arrêté de cuisiner. Comme si cela ferait une différence pour le petit-fils à qui elle enseignait toute ses recettes, même les secrètes.

— J'ai fini par la reconquérir en lui préparant des cookies. Et elle n'arrivait jamais à rester en colère bien longtemps, contre moi. Je suis trop adorable.

Riley lève la main vers mon visage pour le caresser.

— Ça, c'est certain. Et tu es obstiné, aussi.

Je souris.

— Bref, chaque fois que je n'étais pas en cours, j'étais à la maison, donc Juju venait souvent et elle a aussi appris à connaître ma grand-mère. Juju ne s'entend pas avec sa famille, parce qu'ils voulaient qu'elle travaille dans le restaurant familial, comme sa sœur, mais elle, elle voulait aller à l'université et faire autre chose. Elle a passé tant de temps avec moi que mamie l'a plus ou moins adoptée. Je n'aurais pas survécu à la mort de ma grand-mère sans Juju.

J'appuie ma tête sur le torse de Riley.

— Elle était mon tout. Elle s'assurait que je mange, que je ne loupe pas les cours et elle se rendait même aux entraînements de cheerleading. On a fini par gagner le championnat de notre ligue, cette année-là.

— Waouh, c'est génial. Félicitations.

Je souris, mais ne ressens aucune joie.

— Avec le décès de ma grand-mère, je me suis senti perdu, donc je me suis totalement impliqué dans le cheerleading. Mon rêve était de devenir le premier pom-pom boy à apparaître lors d'un match de la NFL. Juju m'a fait changer de fac et elle m'a suivie. Nous étions l'équipe de rêve.

— Pourquoi ai-je l'impression que cette histoire n'a pas de fin heureuse ? demande-t-il.

Sa voix est douce et apaisante. J'ai envie de m'appuyer contre elle et de la laisser me bercer pour ne plus me souvenir des mauvais moments.

— Je suis là avec toi, n'est-ce pas ? dis-je en glissant une main sur son torse et en souriant lorsque son souffle se coupe à mon contact. C'est une fin aussi heureuse que j'aurais pu l'espérer.

— Curtis.

Je ne sais pas vraiment s'il prononce mon nom en guise d'avertissement pour que j'arrête de le taquiner ou pour que j'arrête de lui mentir.

— J'ai été blessé, il y a dix-huit mois. C'est le genre de blessure dont on ne se remet pas, si on veut être professionnel.

— Je suis vraiment désolé, chéri.

Je hausse les épaules.

— Il n'y avait rien à faire. J'ai décidé de recommencer de zéro dans le Connecticut. J'ai voyagé un moment avant de m'installer en un seul et même endroit. J'ai vu l'affiche pour travailler comme serveur à Spilled Beans, le café de Chester Falls. Quand Indy, mon patron, a découvert que je savais pâtisser, il m'a engagé sur le champ. J'adore travailler là-bas.

— Mais tu vis à Windsor, n'est-ce pas ?

Je lui donne un léger coup de coude.

— Tu veux me suivre, Coach ?

Il ricane.

— Mais oui. Je ne pouvais pas me permettre de m'acheter quoi que ce soit à Chester Falls, donc j'ai dû chercher plus loin. L'emménagement à Windsor m'a été profitable, parce que j'ai entendu quelques lycéens parler de cheerleading quand j'allais prendre un café. Je leur ai parlé et je suis ensuite allé voir le principal pour lui demander s'il était intéressé par l'idée de débuter un programme de cheerleading.

Riley me dévisage, d'un air purement émerveillé.

— Comme ça. Tu es allé voir le principal, tu lui as présenté un programme, et voilà tout ?

— Tu as oublié de mentionner que j'étais adorable. Je suis aussi irrésistible.

Il fronce les sourcils.

— Le Principal et toi…

— Quoi ?

Je me relève de ses cuisses et m'éloigne autant que possible de lui.

— Tu crois que je coucherais avec quelqu'un pour obtenir un boulot ?

— Non, bien sûr que non, Curtis.

— Vraiment ? Parce que c'est l'impression que j'ai eue. Pour info, j'étais le meilleur pom-pom boy de mon équipe. J'étais en bonne voie pour suivre un programme spécial au Royaume-Uni jusqu'à ce que Harley…

Je cours jusqu'à la salle de bain et m'y enferme. Je peux supporter qu'on fasse des suppositions à mon sujet, mais pas Riley… pas lui.

Me rappeler ce qu'il s'est passé me brûle toujours de l'intérieur. Comme si je saignais et que quelqu'un ne cessait de verser du jus de citron sur la blessure.

— *Ne t'inquiète pas, chéri. Je serai toujours là pour toi*, me dit Harley.

— *Je ne serai plus jamais pom-pom boy.*

Les larmes coulent sur mon visage alors que je reste allongé sur mon lit d'hôpital.

— *Je ne danserai plus jamais. Je ne serai jamais… moi.*

— *Chhut, dit-il avant de m'embrasser sur le front. Ne dis*

pas ce genre de choses. Tu ne le sais pas. Peut-être que les médecins peuvent aider. Laisse-moi sortir et voir si je peux parler à quelqu'un, d'accord ? Je crois que Juju est en route.

— *Merci, Harley.*

— *Tout ce que tu voudras, chéri.*

Juju entre dans la chambre en courant. Son visage est pâle et elle semble inquiète.

— Curtis. Ouvre la porte, s'il te plaît.

Je ne réponds pas. Je suis blessé par son insinuation et furieux d'avoir baissé la garde, au point que ces mots m'atteignent. Ces mots, je les ai déjà entendus par le passé et j'ai appris à les ignorer.

— *Défends-toi avec ta gentillesse, Bubble*, me disait ma grand-mère. *Montre-leur ce que tu peux faire, ils ne pourront nier l'évidence.*

Si seulement c'était si facile.

— Curtis, s'il te plaît.

Sa voix semble brisée, mais j'ai l'impression de l'être tout autant.

Sauf que je ne le suis pas. Je suis fort. Je me suis battu, je m'en suis remis et désormais, j'ai une nouvelle vie.

Je tends la main vers la porte et tourne la clé.

Riley ouvre et entre. Son regard semble affolé, comme s'il ne savait pas quoi faire.

— Je suis vraiment désolé, Curtis. J'étais jaloux. C'était stupide. Tu as dit que tu étais irrésistible, ce que tu es. Voyons les choses en face. Je pensais que j'étais hétéro jusqu'à ce que tu surgisses dans ma vie avec ton odeur de fraise et tes gâteaux. Je suis désolé. Je ne voulais pas t'imager avec quelqu'un d'autre.

J'ai l'impression qu'il veut me toucher et je fais donc un pas pour me placer entre ses bras.

— Tu es pardonné, mais il vaudrait mieux que tu ne recommences pas. Pour info, le principal n'est pas seulement l'homme le plus hétéro que j'ai jamais rencontré, il n'est pas mon type, non plus.

Il me serre contre lui.

— C'est quoi, ton type ?

— Toi, un géant musclé et peut-être un crétin avec un cheveu blanc.

— Je croyais que j'étais grisonnant et que ça m'allait bien, dit-il en me caressant les cheveux.

— Tu es un crétin grisonnant.

Il ricane et le grondement de son torse me rassure.

— Tu crois que nous pourrions aller au lit ? demande-t-il.

— Ce serait sympa.

Nous nous brossons les dents en nous jetant des coups d'œil et en souriant. C'est étrangement digne d'une vie conjugale.

Venons-nous d'avoir notre toute première dispute ? Devrions-nous nous rouler des galoches ?

Nous allons nous coucher, donc je vais le lui suggérer.

— Tu me reluques encore les fesses, dis-je en me plaçant de mon côté du lit.

— Tu as des fesses très regardables.

Je retire mes vêtements jusqu'à être totalement nu et il en fait de même. Nous nous tenons de chaque côté du lit et nous dévisageons en souriant.

— J'ai décidé que nous devrions nous rouler des galoches, l'informé-je.

— Oh, vraiment ?

— Oui, vraiment.

— Pourquoi ça ?

— Parce qu'on vient tout juste de se disputer, donc maintenant, on doit s'embrasser. Ce sont les règles.

Il lève une main vers sa bouche.

— Quoi ? demandé-je.

Il secoue la tête.

Je pose les mains sur mes hanches, ce qui n'est franchement pas aussi efficace quand vous êtes nus et que vous avez une demi-molle.

— Tss-tss. J'ai été marié pendant vingt-trois ans. Je sais quand je dois me taire et admettre que j'ai tort.

Je m'agenouille sur le lit.

— Il vaudrait mieux que tu ne me compares pas à ton ex-femme, autrement, on va avoir de sérieux problèmes.

Il s'allonge et m'attire pour que j'en fasse de même au-dessus de lui.

— Il est clair, de bien des manières en plus de l'évidence, que tu es très différent de mon ex-femme.

Je remonte les couvertures et me blottis à ses côtés.

— Elle était comment ?

— Elle n'est pas morte, répond-il en riant.

— Tu vois ce que je veux dire.

Il lève les yeux vers le plafond.

— Elle est belle, amusante, déterminée et mes parents l'adorent.

— Puis-je demander ce qu'il s'est passé ?

Riley me regarde.

— Elle a menti à propos d'un sujet impardonnable.

Il ne dit rien de plus. Je suis curieux, mais je ne pense pas que ce soit le bon moment pour le lui demander. Ça ne le sera peut-être jamais. C'est le passé, après tout, et s'il me posait des questions sur Harley, je ressentirais sûrement la même chose.

Je tourne sa tête vers moi et l'embrasse.

Il a un goût de menthe fraîche et ressemble à *mon* coach. Ce baiser est différent. J'ignore comment je le sais, mais je le sens.

Lorsque nous nous séparons, je garde les yeux fermés et fais remonter un souvenir de ma grand-mère, lorsqu'elle était encore en bonne santé et qu'elle me préparait mon repas préféré.

Elle me manque encore terriblement, mais avec Coach à mes côtés, ça n'est pas si horrible.

J'ai simplement peur de ce qui arrivera quand Noël sera terminé et que la bulle éclatera.

25

COACH

À mon réveil, je sais immédiatement que je suis seul, car j'ai froid alors même que je suis sous les couvertures. Je me frotte les yeux et me lève avant d'enfiler un jogging en renonçant au sous-vêtement.

L'air est frisquet et je récupère donc un pull chaud. Je regarde par la fenêtre et vois une épaisse couche de neige.

Je n'ai pas besoin de deviner où se trouve Bubble, car le chalet est assez petit pour qu'il n'y ait qu'une seule possibilité. De plus, je l'entends jurer comme un charretier.

Après un bref passage dans la salle de bain, je rejoins le vacarme du salon. L'odeur me donne l'impression que Noël a explosé ici. Je sens la cannelle, les épices et tout ce qu'il y a de bon.

— Fichus muffins rassis et gressins détrempés.

Je l'entends, mais je ne le vois que lorsque j'arrive au milieu de la pièce et que je remarque ses fesses en l'air, tandis qu'il est à moitié plié dans ma cheminée.

Il porte un collant vert et son haut remonte pour m'offrir une belle vue de ses cuisses bien proportionnées, ainsi que de ses petites fesses rondes.

Je m'éclaircis la gorge.

— Merde, grogne-t-il en se cognant la tête sur le manteau de la cheminée. Aïe.

Je grimace, espérant qu'il ne s'est pas fait mal, car je n'avais pas envie de l'effrayer.

Lorsqu'il se retourne pour être face à moi, je réprime un sourire. Bubble porte un long pull vert orné d'un chapeau rouge de Père Noël, avec une extrémité et un rebord duveteux. Son visage est couvert de suie et de cendres. Il n'a pas l'air heureux.

— Je vous ai surpris à un mauvais moment, Père Noël? demandé-je.

Cette réflexion me vaut un sourire. Je réduis donc l'espace entre nous et commence à frotter une partie de la suie sur sa joue.

— Pas du tout. Je vérifiais simplement si tu avais été un bon garçon cette année, répond-il.

Ses mains passent autour de ma taille, mais atterrissent sur mes fesses.

— Qu'est-ce que tu en penses?

Il se mord la lèvre et fait mine d'y songer un instant.

— Je crois que tu as fait de très gros efforts pour être bon, mais que tu as finalement cédé à la tentation. Je crains que tu reçoives un morceau de charbon dans ton soulier.

Je plisse le nez.

— Puis-je faire quoi que ce soit pour inverser ce résultat? dis-je en l'attirant contre moi pour qu'il sente ma verge durcir entre nous.

Le souffle de Curtis se coupe.

— Tu pourrais me laisser voir si je tiens dans ta cheminée, mais ça ferait toujours de toi un méchant, méchant garçon, car tu céderais à la tentation.

— Oh, vraiment? insisté-je. Parce que la dernière fois que je suis entré dans la cheminée de quelqu'un il priait comme s'il avait trouvé une nouvelle religion. C'est une bonne chose, n'est-ce pas ?

— J'imagine que tu n'as pas tort, dit-il en relâchant ses bras autour de moi. Je devrais vérifier où en sont les brioches à la cannelle.

À contrecœur, je le laisse partir. Il s'approche du four, mais s'arrête à mi-chemin et se retourne vers moi.

— Attends…

Il secoue la tête.

— Non, les brioches à la cannelle, d'abord.

Je reste figé sur place jusqu'à ce qu'il soit satisfait des gourmandises et qu'il puisse les sortir du four, ce qui envahit tout le chalet d'une odeur encore plus agréable. Il pose le plateau sur le fourneau pour qu'il refroidisse et s'approche ensuite de moi.

— Tu viens de dire… ce que je crois… que tu… as dit ? Enfin… tu as dit… ta cheminée…

Je ris.

— Oui, j'ai bien dit ce que tu as entendu et je le pensais.

— Mais…

Je lui prends la main et le guide vers l'évier pour attraper un torchon humide afin de nettoyer la suie sur son visage. Il est adorable, avec ses grands yeux verts clignant comme s'il ne me croyait pas.

— Écoute, je ne sais pas comment le formuler, mais j'aimerais essayer de t'avoir en moi. Je comprends, si ça n'est pas ton truc. Si tu préfères être pris. Je pensais simplement que comme nous faisions des expériences, je pourrais peut-être le faire avec quelqu'un en qui j'ai confiance.

Sa bouche est grand ouverte. Il la referme et la rouvre, comme s'il essayait de trouver les bons mots.

— Euh… J'étais plus versatile quand j'étais plus jeune, surtout avec des mecs de mon âge. Nous faisions tous l'expérience des deux positions pour comprendre ce que nous aimions. J'ai découvert que je préférais être pris, mais ça ne me dérange pas de donner.

Il prend une profonde inspiration.

— Nom d'un matin de Noël.

— Devrais-je prendre ça pour un oui ? demandé-je pour être certain qu'il en a vraiment envie, lui aussi.

— Je serai honoré d'être la première… euh… personne à entrer dans ta cheminée.

— Bien. Oh, voilà pour toi, dis-je en retirant la dernière trace de suie sur le visage de Curtis.

J'abaisse ma bouche vers la sienne et m'attarde en suçotant sa lèvre inférieure. Son souffle se coupe alors qu'il enroule les bras autour de mes épaules.

Je le soulève et pose ses fesses sur le plan de travail. Ainsi, il est plus grand que moi, ce qui lui donne un avantage qu'il n'a pas souvent. Il prend le dessus avec une faim qui fait la paire avec la mienne.

Merde, pourquoi les baisers n'ont-ils pas été comme ça toute ma vie ?

Une fois que je brise le baiser, nous sommes tous les deux quelque peu essoufflés. Je bande et j'ai bien trop chaud pour les vêtements que je porte.

— Joyeux Noël, Riley, dit-il. Merci de m'avoir laissé passer ce temps avec toi.

— Joyeux Noël, Curtis. C'est moi qui devrais te remercier. Seul, j'aurais passé mon temps à trouver des moyens de m'occuper, pour pouvoir arrêter de penser à toi. Maintenant, je n'en ai plus besoin. C'est le meilleur Noël que j'ai eu depuis bien longtemps.

Il m'étreint fermement.

— Moi aussi.

Comme il ne me relâche pas, je reste en place et glisse mes mains le long de son dos. Il doit être difficile pour lui de ne pas revoir son amie, surtout maintenant que sa grand-mère est partie.

Ses yeux sont un peu rouges, lorsqu'il s'écarte, mais je ne vois aucune larme.

— C'est une journée joyeuse, d'accord ? Mangeons le petit déjeuner. Je vais m'occuper de la cheminée et ensuite, on pourra faire tout ce que tu veux pour le reste de la journée.

— On peut regarder des films de Noël ?

— Bien sûr.

Il me gratifie d'un sourire radieux.

— Tu préfères lequel ?

— *Die Hard*.

Il s'exclame.

— *Die Hard* n'est pas un film de Noël.

Il saute du plan de travail et commence à attraper ce qu'il nous faut pour préparer le petit déjeuner.

— Bien sûr que si, le contredis-je. Ça se déroule pendant Noël. Il y a une fête de Noël.

Je jette un coup d'œil à la cheminée, ajoute quelques bûches et démarre un feu.

— Non, c'est faux. Il y a des armes et des gens qui meurent partout.

— Des gens sont blessés dans *Maman, j'ai raté l'avion* et personne ne se dit que ce n'est pas un film de Noël, répliqué-je.

Il souffle.

Je dois admettre qu'il est drôle de le voir s'énerver sur un tel sujet. Toutefois, lorsqu'il commence à agiter un couteau dans ma direction avant de s'en servir pour étaler le glaçage sur les brioches à la cannelle, je commence à m'inquiéter.

— Chéri, dis-je en passant derrière lui. Pourquoi ne contiens-tu pas cette colère pour la libérer tout à l'heure au lit, hein ?

Bubble se retourne après avoir posé son couteau, heureusement.

— Tu aimes jouer avec le feu, monsieur Dempsey.

Je l'embrasse.

— Seulement quand c'est toi, qui me brûles.

Je prends l'assiette contenant les brioches à la cannelle et la pose sur la table. Il apporte le café ainsi que deux tasses et annonce que, comme c'est le matin de Noël, il va s'asseoir sur mes cuisses pour le petit déjeuner.

Nous prenons notre temps pour nous faire mutuellement déguster des bouchées de brioches à la cannelle encore chaudes, pour boire du café et pour dire à quoi ressemblait Noël quand nous étions enfants.

Il est si facile de parler avec Bubble que je ne cesse d'oublier l'écart de vingt ans entre nous. Il est peut-être pétillant, empli de vie et visiblement insouciant, mais il est aussi responsable, attentionné et très mature.

La façon dont il a fait passer sa grand-mère en priorité et a relégué son rêve au second plan dit tout sur l'homme qu'il est.

Il évoque les décorations sur le sapin de Noël quand mon portable sonne pour signaler un appel vidéo de mes parents.

Il commence à bouger sur mes cuisses, mais je le maintiens en place. Ses joues rougissent. C'est l'une des quelques fois où je l'ai vu manifestement moins confiant.

— Bonjour, maman. Bonjour, papa, dis-je quand je balaye mon écran du pouce pour répondre à l'appel.

J'appuie mon portable contre ma tasse de café vide, afin de ne pas être obligé de le garder en main.

— Bonjour, mon chéri. Joyeux No... oh, tu as de la compagnie, constate maman.

— Joyeux Noël, maman. Je te présente Curtis. Il est coach de l'équipe de cheerleading dans mon lycée. Vous vous souvenez de cette tarte que vous avez mangée à Thanksgiving ? Vous pouvez l'en remercier.

Curtis est sage comme une image alors que ma mère ne perd pas une seconde.

— Ravie de vous rencontrer, Curtis. Votre tarte était délicieuse. Vous devrez me partager votre recette ou me dire comment je peux mettre la main sur l'une d'elles l'année prochaine.

J'ai déjà mon bras autour de la taille de Bubble, donc je décris des cercles avec mon pouce pour le rassurer sur le fait que tout va bien.

— Euh, merci, madame Dempsey.

Maman chasse sa réponse d'un geste de la main.

— Oh, pfff, appelez-moi Jan. Alors, qu'avez-vous fait dernièrement, les garçons ? La tempête est déjà passée ?

C'est à mon tour de rougir.

— Eh bien, je... euh... j'ai retiré les portes des placards de la cuisine, je les ai poncées et revernies. Elles sont comme neuves. Curtis a décoré le chalet, donc on a l'impression que l'un des lutins du Père Noël s'est échappé du pôle Nord et s'est caché ici.

— Pour la dernière fois, je ne suis pas un lutin. Je suis petit, mais je suis parfaitement formé, dit Bubble en croisant les bras d'un air scandalisé.

Il semble ensuite se reprendre et son visage prend une adorable teinte de rose.

— C'était génial, d'avoir Curtis ici. Vous me connaissez, j'aurais mangé des sandwichs et des pizzas surgelées tous les jours, pour le dîner, dis-je à mes parents en essayant de lui éviter un excès d'attention de leur part.

— Comment a-t-il fini là, exactement ? Je croyais que tu étais censé être seul, remarque papa.

— Bubble... euh, Curtis était dans le chalet d'un côté, mais il y a eu une certaine confusion quand les propriétaires se sont pointés. À cause de la tempête, il n'aurait pas été prudent pour lui de conduire jusqu'à chez lui.

Maman appuie son coude sur la table sur laquelle ils ont placé leur tablette.

— C'est très généreux de ta part, chéri. Ta présence était vraiment commode.

Curtis et moi échangeons un regard.

— Oui, c'était très pratique.

— Eh bien, nous allons vous laisser profiter du reste de votre journée. Nous voulions te souhaiter un joyeux Noël. Soyez sages, les garçons, me dit maman.

Papa a seulement le temps de me faire un signe de la main avant la fin de l'appel.

— Oh mon Dieu, c'était humiliant, dit Curtis en dissimulant son visage avec ses mains. Tes parents savent totalement qu'on s'envoie en l'air.

— Comment pourraient-ils le savoir ?

— Je suis sur tes genoux, Riley. Tu as l'habitude de garder tes amis aussi près de toi quand tu passes un appel vidéo à tes parents ?

Je n'y avais pas pensé. Il a tellement sa place sur mes genoux que je n'ai pas envie de le relâcher. Je n'ai pas pensé à l'impression que mes parents auraient. Bien que ce soit la première fois, depuis mon divorce, qu'ils n'ont pas évoqué Mel. Je devrais sans doute garder Curtis avec moi chaque fois qu'ils appellent.

— Tu vas péter un câble ? dit-il.

— Non, pourquoi tu n'arrêtes pas de me poser cette question ?

Il soupire et tente de se lever. Je le maintiens à sa place.

— Lâche-moi, homme montagne.

— Pas tant que tu ne m'auras pas dit pourquoi tu penses toujours que je vais crier *non aux homos* dès que j'ai une expression à demi-sérieuse.

26

BUBBLE

— Non. C'est le jour de Noël et la raison pour laquelle je dis parfois des choses stupides n'a pas sa place dans ce chalet, dit-il. Mais je suis désolé. Ça n'est pas ta faute. C'est uniquement la mienne, d'accord ?

Je n'ai vraiment pas envie de traîner Harley et toutes ces conneries ici. Il ne mérite pas d'occuper de la place.

— Je viens de rencontrer tes parents, répété-je, comme je n'arrive pas à croire que ça vient juste de se produire. Ils semblent très gentils.

— Ils le sont.

— Pourquoi n'as-tu pas passé Noël avec eux ?

Le coach récupère une miette de brioche à la cannelle et la fait rouler sur son assiette.

— Ils sont partis en croisière hivernale dans les Caraïbes et se sont arrêtés à Saint-Barthélemy pour fêter Noël.

— Ils voyagent beaucoup ?

Il rit.

— Crois-le ou non, non, ils ne voyagent jamais. Ils ont vécu toute leur vie à Denver. Ils se sont pointés chez moi sans prévenir, le jour de Thanksgiving, pour m'annoncer qu'ils faisaient un voyage pour Noël. Je suis ravi pour eux. Ils méritent de profiter de leur retraite.

— Et toi ?

Il hausse un sourcil.

— Je suis bien, *bien* loin de prendre ma retraite.

Je lui pince les muscles de ses bras.

— Hmm, je ne sais pas, mon vieux. Je n'en suis pas convaincu. Tu devrais peut-être m'emmener dans la chambre et me montrer que tu n'es pas prêt pour la vie de retraité.

La chaise grince sur le sol lorsqu'il se lève en m'emportant.

— Je pourrais m'habituer à être porté partout, tu sais, lui dis-je en enroulant mes bras autour de son cou.

— Je ne peux pas m'en empêcher. Tu fais ressortir mon Cro-Magnon intérieur.

— Emmène-moi dans ta grotte, alors.

Je ne crois pas avoir déjà passé autant de temps dans la chambre pendant des vacances de Noël. Je crois qu'on peut en dire quelque chose.

Il reste encore de nombreuses brioches à la cannelle et je peux nous préparer un dîner en vitesse tout à l'heure. Nous ne mourrons pas de faim. Même avec tous nos ébats.

Correction. Après les meilleurs ébats de toute ma vie.

Va te faire foutre, Harley. Tu étais nul au lit, de toute façon.

Coach m'installe sur le lit, mais ne me suit pas.

— Je reviens dans un moment, me dit-il quand je boude.

— D'accord. J'imagine que je vais me déshabiller. Ne m'en veux pas si je démarre le spectacle avant que tu reviennes, dis-je en criant en direction de la porte lorsqu'il disparaît derrière.

Je retire mes vêtements et les pose prudemment près du sol, à côté du lit. Je voulais faire ma danse de lutin sexy pour le coach, mais cela devra peut-être attendre demain. J'ai manqué un orgasme matinal, et désormais, mon ventre est rempli de nourriture. Je veux donc satisfaire mes autres besoins.

Il revient en tenant quelque chose enveloppé dans un morceau de tissu.

— C'est quoi, ça ? demandé-je en m'asseyant, le dos appuyé contre la tête de lit.

Il s'assied à côté de moi.

— Le jour où je me suis rendu compte que j'avais tout gâché avec toi, je voulais m'excuser, mais je ne savais pas comment faire. Je ne pouvais pas t'affronter sans avoir envie de te toucher et j'avais été parfaitement malpoli avec toi.

Je pose les mains sur les siennes.

— Ce n'est rien. On est passés au-delà de ça. Maintenant, quand tu me cries dessus, nous sommes tous les deux nus et c'est moi qui en demande plus.

J'agite les sourcils et il tousse, s'ajustant dans son pantalon.

— Bref. Je t'ai fabriqué ce cadeau. J'allais l'emporter dans ton chalet ce matin-là quand je suis venu m'excuser, mais la colle n'avait pas encore séché, donc j'espérais que tu me pardonnerais quand même et que je pourrais te le donner plus tard.

Mon torse se gonfle et j'ai l'impression que je vais exploser sous le coup de l'émotion. De toutes les émotions.

— Riley, tu n'étais pas obligé de faire quoi que ce soit. Ton excuse était suffisante. En plus, tu m'as offert un endroit où rester et je dirai que vivre auprès de ta queue est mille fois mieux que ce que je ferais seul, chez moi.

Il rit.

— Qu'est-ce que tu ferais ?

— Je penserais à la façon de te convaincre de me laisser m'empaler sur toi de façon permanente.

Il secoue la tête et place le cadeau enveloppé de tissu sur mes cuisses.

— Ce n'est pas grand-chose, mais… J'ai toujours aimé fabriquer des objets en bois avec mon père. C'était le seul cadeau que je pouvais te fabriquer, ici.

Je déballe le cadeau pour révéler un beau lutrin en bois sur lequel sont gravées des fraises.

Ma gorge se serre et je suis obligé de prendre une profonde inspiration.

— Tu… as fait tout ça ? Tout seul ?

— Oui. Ce n'est pas génial. La sculpture n'est pas mon meilleur atout, mais le bois avait quelques courbures naturelles qui le rendaient parfait pour toi, alors je n'ai pas pu résister. Comme tu sens toujours les fraises, je me suis dit que tu l'aimerais.

Je glisse les mains sur le bois lisse.

— Je ne l'aime pas, Riley. Je l'adore. C'est le cadeau le plus attentionné qu'on m'ait jamais offert, à part les recettes de ma grand-mère. Elle a dû me les donner, parce qu'elle n'avait aucun autre petit-enfant à qui les léguer, donc elle était plus ou moins obligée.

— Je suis sûr qu'elle en a apprécié chaque minute où elle t'a enseigné ses recettes, dit-il. Je ne sais pas si tu as des livres de recettes ou si tu te sers d'une tablette quand tu suis les instructions, mais je me suis dit que ça pourrait t'être utile.

Je pose le cadeau sur le côté et enroule mes bras autour de lui. Nos bouches trouvent lentement leur chemin l'une vers l'autre.

— Je veux te donner quelque chose d'autre, Curtis.

Il me regarde dans les yeux et je vois qu'ils sont à la fois assombris et emplis de désir. Il a peur, mais il en a véritablement envie.

— Tu en es sûr ?

Il passe son pull au-dessus de sa tête et baisse son survêtement. Son sexe épais se dresse contre son ventre.

— Absolument.

Je glisse les mains sur ses muscles. Est-il étrange de vouloir savoir à quoi il ressemblera avec plus de cheveux blancs ? De souhaiter le voir vieillir et devenir encore plus sexy qu'il ne l'est déjà ?

— Alors, accepte que ce soit mon cadeau pour toi, Riley. Je vais faire en sorte que ce soit vraiment bon.

— Je sais, chéri. Je sais.

Il pose mon cadeau sur la table de nuit où se trouve la bouteille de lubrifiant. Il saute ensuite au-dessus de moi pour atterrir au milieu du lit. Il m'entraîne avec lui et je finis donc par chevaucher ses jambes.

— J'aime quand tu me manies comme si j'étais super léger.

— Tu *es* super léger, confirme-t-il.

Je glisse les mains sur les crêtes profondes de ses abdominaux. Il a une si belle silhouette et pourtant si ce ventre était plat ou même rond, je crois que ça ne m'importerait pas.

Sa verge est dure et rouge. Je veux que ce soit si bon pour lui. Mes mains tremblent légèrement alors que je le caresse à plusieurs reprises.

Mon Dieu, j'aime la manière dont son souffle se coupe lorsque je le touche, comme s'il n'avait jamais été touché de cette manière, par le passé. Je veux être furieux contre une femme que je ne connais même pas, parce qu'elle l'a eu pendant vingt-trois ans et qu'elle n'a pas réussi à lui faire ressentir ça.

Ou peut-être que je fais trop de suppositions. Il n'a pas beaucoup parlé de son mariage ni de la raison pour laquelle il s'est brisé. Tout comme je n'ai pas parlé de Harley. J'imagine que nous avons tous notre passé. Nos secrets.

Le coach enveloppe sa main autour de la mienne et resserre sa poigne. Nos regards se rivent l'un sur l'autre alors que nous le caressons paresseusement. Dès qu'il semble un peu plus détendu, je montre le lubrifiant et il me le donne.

— Je vais y aller lentement, d'accord ? Au moins, ma queue n'est pas aussi gigantesque que la tienne.

Il s'étouffe en riant.

— Merci.

— Écarte les jambes.

Il s'exécute et je me place entre elles. Il relâche mes doigts et place ses deux mains de chaque côté de mon corps.

— Tu ressembles au meilleur des desserts, Riley. À cause de toi, je vais être obligé d'envisager d'abandonner ma couronne de passif, hein ?

— Je te le dirai dans une minute.

Je débouche le lubrifiant, et une fois encore, son corps tout entier tremble.

— Riley, nous ne sommes pas obligés de faire ça. Être pris ne fera pas de toi un homme plus gay, bi ou peu importe ce que tu es.

— Je… me sens seulement un peu exposé comme ça. Mais je ne veux pas m'arrêter.

Je regarde autour de moi, mais il n'a pas beaucoup d'oreillers.

— Je reviens dans une seconde. Pourquoi n'ajoutes-tu pas un peu de lubrifiant sur ton orifice et ne frotterais-tu pas ton doigt pour t'habituer à la sensation d'avoir quelque chose en bas ?

Il hoche la tête. Je cours dans le salon et attrape les coussins du canapé ainsi qu'une couverture. Il ne me faut pas longtemps, mais j'attends quelques secondes afin de lui donner de l'intimité pour qu'il s'explore.

Lorsque j'ai l'impression d'avoir attendu suffisamment longtemps, je retourne dans la chambre. La vue de Riley, nu, au milieu de son lit, une main caressant son membre et l'autre jouant avec l'extrémité de son orifice, me fait presque jouir sur-le-champ.

Il me voit à côté de la porte. Toutefois, au lieu de s'arrêter, il poursuit comme s'il appréciait tant qu'il ne pouvait s'en empêcher.

— Appuie-toi contre la tête de lit, lui dis-je en plaçant les oreillers enveloppés de la couverture derrière lui. Je retourne à ma place entre ses jambes et ajoute du lubrifiant sur mes doigts.

Je chevauche l'une de ses cuisses musclées et il écarte instantanément les jambes pour me laisser de la place.

Il m'attire vers lui pour que je l'embrasse et j'en profite donc pour commencer à l'explorer, comme je le souhaitais.

J'y vais lentement et teste les contours de son orifice, le sentant se contracter quand je suis trop proche.

— Il va falloir que tu te détendes, d'accord ? Expire quand j'entre.

Nos regards restent rivés l'un sur l'autre. J'espère que ne pas avoir mon visage incliné vers le bas le rend moins ouvert et vulnérable. Il a le contrôle total de la situation, mais je ne suis pas sûr qu'il comprenne tout le pouvoir qu'il détient.

Il soupire et lorsque je le sens se détendre, je le pénètre d'un doigt.

— Tu t'en sors bien, chéri, dis-je en détournant son attention avec davantage de baisers.

Bientôt, je décris de lents va-et-vient avec mon doigt.

— C'est ça. Tu t'en sors très bien.

Une petite goutte de sueur coule sur son front et je la lèche. Mon Dieu, que me fait cet homme pour que je sois actuellement en train de lécher sa sueur ?

Il grogne et plonge sa langue dans ma bouche. Il est difficile de maintenir mes pensées sur le droit chemin quand il fait ça, mais je réussis à ajouter un autre doigt pendant qu'il est distrait.

Il se décale pour m'embrasser dans le cou et suçoter ma peau.

— Tu es si merveilleux, Curtis. Je veux être tout à toi.

Mon cœur tambourine dans ma poitrine.

Concentre-toi là-dessus, Bubble. Ne laisse pas ces rêves idiots te monter à la tête, pour l'instant.

Riley commence à bouger contre mes doigts pour que je sente sa prostate. Je sais que je l'ai trouvée quand il halète comme s'il avait été frappé en plein torse.

— Merde alors, c'était quoi ça ? Ne t'arrête pas, s'il te plaît.

— Ça, mon coach sexy, c'était ta prostate, dis-je en ajoutant un troisième doigt.

Néanmoins à la manière dont il bouge, je sais qu'il est prêt pour moi.

— Imagine quand ma queue se frottera contre ce point-là encore et encore.

Il grogne et saisit ensuite mon poignet.

— Je suis prêt. S'il te plaît, Curtis.

Je dois prendre une lente inspiration avant cette prochaine étape. Cela fait des années que je n'ai pas pris quelqu'un. C'était avec un ami qui découvrait alors qu'il n'était clairement pas passif. Je n'ai pas exactement envie de me souvenir de cette expérience.

Sauf que c'est la seule chose à laquelle je peux penser, actuellement. Et si je ne m'y prends pas comme il faut ?

— Quel est le problème ? demande Riley.

— Quoi ? Rien.

— Tu t'es visiblement perdu un instant.

— Je suis juste un peu nerveux.

Il prend le lubrifiant et en verse directement sur mon érection avant de l'étaler. Il glisse ensuite sur le lit et retire quelques-uns des oreillers derrière lui. Il aligne mon sexe avec son anus.

— Je suis tout à toi, chéri.

— D'accord, chuchoté-je. Souffle et détends-toi pour moi.

Il fait ce que je dis et c'est peut-être parce que ma verge n'est pas si grosse… – enfin, elle est parfaitement proportionnelle au reste de mon corps, merci bien. Mais ce n'est pas une torpille, c'est certain.

Ou alors c'est parce que nous sommes vraiment, véritablement faits l'un pour l'autre, mais je me glisse en lui sans aucun problème. J'essaie d'y aller lentement, mais Riley m'attire contre lui jusqu'à ce que je sois totalement en lui.

— Mon Dieu, je me sens si plein.
— C'est merveilleux, n'est-ce pas ? lui demandé-je.
— C'est… différent.

Je me retire légèrement avant de m'enfoncer à nouveau. Il ouvre la bouche et souffle sans un bruit. Je recommence encore et encore jusqu'à ce qu'il apprécie et me demande de continuer.

Son sexe, qui s'est ramolli quand je l'ai pénétré la première fois, est dur à nouveau.

Je le prends comme un signe d'appréciation. Je sais que moi, j'aime ça. Il est serré et chaud. Bien que mon anus n'ait pas été invité à cette fête, je n'ai pas l'impression de passer à côté de quoi que ce soit. La friction de mon membre dans son passage est suffisante pour me rapprocher de l'orgasme.

— Merde, Curtis. Plus vite. Plus.

Je change l'angle de mes coups de reins et il crie quand je heurte sa prostate encore et encore.

27

COACH

Mon corps est en feu et me supplie de me rouler dans les flammes. Je sens mon orgasme atteindre son sommet comme si un groupe de pompiers venait me soulager de cette douleur agréable.

Je veux qu'ils viennent, mais je veux également les repousser.

— Merde… Curtis… ne… t'arrête pas.

Je m'accroche tant à lui que je ne suis pas certain qu'il ait assez de place pour respirer. Tout ce que je sais, c'est que je n'ai jamais rien ressenti de tel par le passé. Je me sens vulnérable, mais en sécurité. Je suis au bord du gouffre, mais je suis réticent à l'idée de sauter.

— Riley, je suis proche.

Sa voix est étouffée contre mon torse.

Nous ne sommes que grognements et gémissements, jurons et contacts désespérés. J'ignore si je peux jouir ainsi. Chaque fois qu'il touche ma prostate, j'ai l'impression que je vais exploser, mais cela repart ensuite.

— Je… ne peux pas.

Il lève la tête et croise mon regard. Ses cheveux sont

mouillés autour de son visage, mais il n'a jamais eu l'air si beau. Je comprends alors. Je pourrais l'avoir. Je pourrais avoir plus de ça. Plus de ses yeux verts, plus de sa personnalité solaire, plus de *lui*.

— Riley, chuchote-t-il.

Visiblement, il a envie de dire autre chose, mais il s'interrompt. Puis c'est plutôt comme s'il retrouvait une source d'énergie et il commence à me baiser comme si sa vie en dépendait.

Ma verge est si dure que j'ai peur qu'elle subisse des dégâts permanents si je ne jouis pas bientôt. Enfin, je devrais surtout m'inquiéter de mon cul, car je ne doute nullement que je serai endolori après ça.

Je tente de tendre la main vers ma verge, mais nous sommes pratiquement collés l'un contre l'autre, et Bubble est si concentré pour me démonter les fesses que j'en deviens fou.

Comment quelqu'un de si petit peut avoir tant de force et d'endurance ?

Mon orgasme monte à nouveau. Cette fois-ci, je ne peux rien faire pour l'arrêter.

— Curtis ! crié-je en me déversant entre nous comme si je n'avais pas joui depuis un an.

Il m'imite, enfonçant ses dents dans mon pectoral. Je suis sûr que cela laissera une belle petite marque. Petit salaud.

— Nom d'un chien, Coach. J'ai mérité tous les bonbons que j'ai cachés dans mon sac.

Il se décale légèrement pour glisser hors de moi et je grimace, sentant à la fois la perte et la douleur quand il s'installe à mes côtés.

— Tu as des bonbons cachés ?

Il ne bouge pas et ne me regarde pas non plus. Il se contente de hausser les épaules.

— J'ai toujours des bonbons cachés. Et des paillettes. On ne sait jamais ce que va requérir la situation.

— Des paillettes ?

— Ouvre le tiroir et passe-moi le petit sac rose à l'intérieur.

Je m'exécute et, effectivement, il y a un sachet rose que je n'ai jamais vu précédemment. Je le lui donne. Il l'ouvre et en sort deux bonbons. Il en met un dans sa bouche et me donne l'autre. Il a un goût de menthe.

Il sort ensuite autre chose. Il tire sur une ficelle et avant que je puisse dire quoi que ce soit, des confettis pleuvent sur nous. Ils collent à notre peau, comme nous transpirons.

— Merci mon Dieu, ce ne sont pas des paillettes.

— Félicitations, Coach, tu n'es plus un puceau anal.

Je lui assène une claque sur les fesses.

— Il faut qu'on se douche. Je sens ton sperme couler hors de mon cul.

Il soupire.

— C'est merveilleux, n'est-ce pas ?

Il me jette un coup d'œil quand je ne réponds pas.

— D'accord, tu peux m'emprunter ma couronne de passif à l'occasion, mais tu es clairement un dominant, n'est-ce pas ?

— J'imagine ? dis-je honnêtement. C'était plus que génial et je veux recommencer, c'est certain, mais l'idée de te remplir et de laisser une trace de moi… Ça me fait penser à des choses qu'un homme de mon âge ne devrait pas imaginer.

Bubble demeure silencieux contre moi et je ne peux interpréter ses émotions. En ai-je trop dit ? Ce n'est que temporaire, n'est-ce pas ? Notre bulle de Noël. Ce sera terminé quand je rentrerai chez moi. Je n'ai aucun droit d'en vouloir plus. Bien que ce soit parfait avec lui, peu importe la différence d'âge.

— Viens, on va te nettoyer. Je veux préparer quelques cookies et les apporter aux petits voisins. Ensuite, on fera un marathon de films de Noël, mais cette fois-ci, ce sera pour de vrai. Pas de distraction, insiste-t-il.

Je grimace quand je me lève du lit, comme je me sens beaucoup plus endolori que je ne pensais l'être.

— Je peux être partant pour ça… si tu me prépares quelques cookies aussi.

— Seulement si tu m'aides.

Je ris jusqu'à la salle de bain. N'a-t-il pas déjà compris que je ne devrais pas avoir le droit d'entrer dans une cuisine, à moins que ce soit pour réparer un objet cassé ou pour manger ?

Nous finissons par prendre notre temps dans la douche et je le remercie pour son cadeau avec un anulingus jusqu'à ce qu'il jouisse à nouveau, cette fois-ci, sur le carrelage de la salle de bain.

Note à moi-même : Curtis salit tout quand il a de très bons orgasmes. Le carrelage de la salle de bain présente un risque de glissade mortelle. Heureusement, je le tiens dans mes bras quand il perd le contrôle de ses jambes et glisse le long de mon corps jusqu'à ce que nous soyons assis tous les deux.

Autre note à moi-même : bien joué, agrandir la cabine de douche originale était une bonne idée.

Les heures suivantes, je suis ses ordres tandis qu'il me dit quoi faire dans la cuisine avec la précision d'un sergent militaire.

C'est assez torride pour que ma verge de quarante-six ans soit prête à se lancer à nouveau. Ce qu'il remarque, surtout que je porte un jogging et rien d'autre.

Quant à Curtis ? Il a remis son costume de lutin et jette des coups d'œil lubrique dans ma direction.

Pendant qu'il décore les cookies, il me dit quoi faire

concernant le dîner. Heureusement, ses instructions ne consistent qu'à frotter quelques épices et des herbes sur un morceau de viande, puis la mettre dans le four pour qu'elle cuise lentement.

Au milieu de l'après-midi, nous nous frayons un chemin dans la neige pour rejoindre le chalet voisin.

George ouvre la porte, Megan sur ses talons.

— Papa ! crie Megan en ouvrant plus largement pour que nous entrions.

Harrison apparaît dans le couloir, avec quelques draps à la main. Il nous fait signe de nous asseoir sur le canapé.

— Je vous rejoins dans une seconde, je dois juste mettre ça à laver.

— Mes deux papas viennent de prendre une douche, explique George. Ils ont dit qu'ils avaient reçu des cadeaux salissants de la part du Père Noël.

— Je crois qu'ils les ont renversés sur le lit parce qu'ils font encore la lessive, ajoute Megan en levant les yeux au ciel.

Je me mords les lèvres afin de ne pas rire, car je n'ai pas besoin de deviner ce que leurs parents faisaient avec les cadeaux offerts par le Père Noël.

— Et vous, qu'est-ce qu'il vous a apporté, le Père Noël ? demande Bubble.

— J'ai eu un nouveau train.

— Et j'ai eu cinq livres, dit Megan. Papa sait que le Père Noël est au courant, pour notre voyage à Disneyworld au printemps, donc il donne plus de cadeaux aux enfants qui en ont besoin, parce que nous avons déjà beaucoup de chance. Quand j'aurai fini de lire mes livres, je vais les donner au magasin caritatif.

— Oui, ajoute George, et ensuite, elle pourra jouer avec mon nouveau train.

— Désolé, les gars, nous étions… euh…

Harrison rougit légèrement en sortant dans le salon.

— Chéri, je crois qu'ils savent, intervint Fletcher.

— Nous ne voulons pas interrompre votre Noël. Simplement, le Père Noël a laissé ces cookies chez nous, alors qu'à mon avis, il voulait vraiment les déposer ici, dit Curtis en levant une boîte remplie de ses cookies.

Megan et George se regardent avec des yeux écarquillés et de grands sourires.

— C'est très gentil de la part du Père Noël de faire ça. Vous êtes sûrs que ça ne vous a pas trop ennuyé ? demande Harrison.

— Absolument pas, répond Curtis avant de se pencher comme s'il disait un secret. Je suis quasiment certain d'avoir entendu l'un des lutins dire que madame Noël les avait préparés elle-même. Elle en a tant préparé qu'elle a demandé au Père Noël de les donner aux petits garçons et petites filles les plus gentils.

Les enfants regardent leurs pères, qui acquiescent. Bientôt, ils leur prennent la boîte des mains.

— N'en mangez pas trop, autrement ça gâchera votre… commence Harrison sans pouvoir terminer.

Il sait probablement que c'est vain, lors d'une journée comme celle-ci.

— Voudriez-vous vous joindre à nous pour boire un café et manger ces biscuits de la mère Noël ? demande Fletcher.

— Merci, mais nous avons prévu un marathon de films de Noël cet après-midi et il faut aussi que je vérifie où en est le dîner. Mais merci, répète Bubble.

— J'imagine que vous ne savez pas quand les routes seront dégagées, dis-je.

— Généralement, elles sont assez praticables. Dès qu'ils savent que la tempête est terminée, ils déneigent les routes. Ils savent que les gens doivent rentrer chez eux et retrouver leur boulot, comme la plupart des chalets sont des lieux de vacances, m'explique Fletcher.

— Merci. C'est utile de le savoir.

Nous quittons la famille et retournons vers mon chalet. Curtis est étrangement silencieux.

— Tu vas bien ? demandé-je.

— Oui.

Je ris.

— Vraiment ? Tu crois que tu peux me berner aussi facilement ?

Je me penche et récupère un peu de neige pour en faire une boule.

— Je peux sans doute te persuader de me dire ce qui ne va pas.

— Tu devrais savoir maintenant qu'il y a de bien meilleurs moyens de me persuader de faire n'importe quoi pour toi, Riley.

Il continue de marcher, mais se dirige vers les arbres plutôt que le chalet.

Je le rattrape et passe un bras autour de ses épaules. Il s'affaisse contre moi et soupire profondément.

— Oh non. Pas un soupir. Ça doit être sérieux.

Il me donne un coup de coude.

— C'est juste que… quand tu as demandé pour les routes, ça m'a rappelé qu'à un moment, nous allons devoir rentrer chez nous, c'est tout.

— Tu ne veux pas rentrer chez toi ?

Il se tourne pour être face à moi.

— Pour l'instant ? Non.

— Curtis.

Je ne sais pas vraiment quoi dire.

— Je suis désolé. J'en fais juste tout un plat. Juju dit que je le fais souvent, mais que c'est mignon, parfois.

Je retire mes gants afin de toucher son visage directement avec mes mains.

— J'aime quand tu en fais tout un plat. J'aime quand tu

fais beaucoup de choses. Et je n'ai pas non plus envie de rentrer chez moi.

— Ah bon ?

Je secoue la tête.

— Je ne veux pas que la bulle explose.

Il plisse les yeux.

— La bulle ?

— La bulle de Noël. Je sais que tu as dit que ce que nous faisions ici resterait ici, mais…

Nos souffles se condensent dans l'air froid. L'adorable petit nez de Curtis est rouge, même s'il porte un bonnet qui couvre presque l'entièreté de son visage.

— Je croyais que tu voulais faire une expérience, dit-il.

Sa voix est minuscule et emplie d'hésitation.

— Je ne voulais pas te mettre la pression. Je sais que j'y allais trop fort, alors que tu étais hétéro.

Je l'interromps d'un baiser et apprécie qu'il réagisse immédiatement. Chaque glissement de ma langue sur la sienne est ponctué d'un gémissement. Lorsque nous nous séparons, ses yeux sont vitreux et ses paupières lourdes.

— Je pense qu'on peut dire sans peine que je ne suis pas exactement hétéro. J'ai parlé à Harrison quand tu faisais le bonhomme de neige. Je crois que je suis peut-être demi-sexuel, bien que je me fiche de l'étiquette qui y est rattachée. Je sais seulement que je t'apprécie, Curtis. Je t'apprécie beaucoup.

Il souffle et ses joues rougissent. Il est le lutin le plus mignon que j'ai jamais vu.

— Si mon âge ne te dérange pas, alors je ne veux pas que la bulle explose, Curtis. Je veux t'emmener à un véritable rencard quand on rentrera chez nous. Pour voir si nous pouvons y arriver dans la vraie vie.

— Vraiment ? Tu ne crois pas que je suis trop extravagant, trop exubérant, trop rose ?

Je souris.

— Chéri, ce sont ces choses-là qui m'ont poussé à te désirer. Tu n'abandonnes jamais. Les cadeaux, les gâteaux. Tu t'es un peu plus insinué sous ma peau chaque jour. C'est épatant que j'aie pu tenir si longtemps.

— C'est vraiment le meilleur Noël de tous les temps.

Il me serre contre lui et j'embrasse donc sa tempe.

— Je suis d'accord. Nous n'avons pas besoin de songer à notre départ pour l'instant. Et si on lançait ce marathon de films ? On peut se blottir nus sous la couverture.

Il me relâche, mais me tire par la main et commence à marcher vers le chalet avec détermination.

— Tu as les meilleures des idées.

28

BUBBLE

Faire mes valises me provoque un sentiment doux-amer. J'ai vécu les meilleures vacances de Noël de ma vie et j'ai eu le meilleur des cadeaux. Enfin, qui reçoit un petit ami pour Noël ? Du moins, je crois que nous sommes petits amis. Riley veut m'emmener en rencard. Si nous avons une relation exclusive, alors nous sommes petits amis.

Oui. Je l'ai décrété.

Je devrais probablement le lui dire, à un moment.

Ces derniers jours sont passés plus vite que je ne le souhaitais. Riley m'a convaincu d'admettre que *Die Hard* est un film de Noël en me laissant chevaucher sa verge pendant que nous regardions le film. Nous avons tous les deux joui lors d'une scène d'explosion. J'ai même vu des étoiles. C'est donc un film de Noël, désormais.

Je suis sûr que je devrais écrire une lettre au casting et au réalisateur pour m'excuser, mais c'était un sacré bon orgasme. Nous avons ensuite bu un chocolat chaud avec de minuscules guimauves. C'était parfait.

Je n'ai jamais eu autant de bons ébats dans ma vie, et ce qui est encore mieux, c'est que je ne suis pas obligé de les abandonner. Car, comme je l'ai déclaré précédemment, nous sommes petits amis.

Riley est dehors et s'assure que tout est bien rangé et sous clé. Il est un peu maniaque quand il s'agit de ses outils et de tout ce qu'il possède dans son abri. C'est adorable.

Il m'a fallu un moment pour ranger mes affaires, car j'ai vraiment fait comme chez moi, dans son chalet et que j'ai donc dû fouiller un peu partout à la recherche de mes affaires.

Il arrive d'un côté du chalet quand je traîne ma valise pour la sortir.

— Tu aurais dû m'appeler. Laisse-moi t'aider.

Il soulève la valise comme si elle ne pesait rien et l'emporte dans ma voiture. Comme nous avons mangé la majeure partie de la nourriture que j'ai apportée, je suis ravi de rentrer chez moi, beaucoup plus léger. Les décorations de Noël sont déjà dans le coffre, donc j'ai presque terminé.

Il ferme le coffre et m'attire contre lui.

— Tu crois que Jeremy se sent négligé ? Il a passé tout son temps dans la valise.

Je ris.

— Non. Il n'a aucun problème de confiance en lui. En plus, une fois que je vous aurais bien présentés, tous les deux, je suis sûr que vous vous entendrez parfaitement bien.

Il hausse un sourcil.

— Quoi ? Jouer avec des jouets, ce n'est pas réservé qu'aux enfants, tu sais.

— Harrison a envoyé un message pour dire que les routes sont dégagées d'ici jusqu'à Stillwater. Je suis sûr que ça ira pour le reste du voyage jusqu'à Windsor. Tu as fait toutes tes valises ?

— Oui, mais je n'ai toujours pas envie de partir, dis-je en boudant.

Riley m'attire contre lui pour m'embrasser et commence

à suçoter mes lèvres pour faire disparaître ma moue boudeuse. Bon sang, il est vraiment doué pour ça.

Je glisse les mains dans ses cheveux.

— Tu vas me manquer. Désolé si ça semble idiot et désespéré, mais je m'en moque.

— Ça me manquera de ne pas toujours t'avoir dans les parages, toi aussi. Qui aurait pu le croire, hein ?

Il m'embrasse sur le nez.

— Monte dans ta voiture et réchauffe-toi. Je vais fermer la porte et te suivre jusqu'à la maison, d'accord ?

— Tu n'y es pas obligé, tu sais ? Je me suis parfaitement débrouillé seul quand je suis venu ici, lui assuré-je.

— Je sais, mais je me sentirai mieux en sachant que tu es en sécurité, chez toi. En plus, tu as cette grande valise et au cas où tu serais passé à côté, j'ai quelques muscles en rab.

Je m'humidifie les lèvres.

— Coach, tu sais flirter.

— Ça, c'est une chose que je n'ai jamais entendue par le passé.

Je lui enfonce un doigt dans le torse.

— Et tu ne l'entendras plus d'une autre bouche que de la mienne. C'est compris ?

Il lève les mains.

— Oui, monsieur.

— Ohh… garde cette idée pour la fin de notre premier rencard.

Il me gratifie d'un dernier baiser avant de s'assurer que je suis dans la voiture.

Mon portable sonne pour annoncer l'arrivée d'un appel de Juju, mais je ne veux pas répondre maintenant que nous sommes sur le point de nous mettre en route. Je la rappellerai quand je serai chez moi. Le trajet ne dure que quarante minutes.

Je choisis ma playlist et lance la musique, chantant les

paroles de ma chanson préférée alors que nous quittons notre bulle de Noël et nous préparons à affronter le monde réel.

Je suis ravi de ne reprendre mon travail à Spilled Beans qu'à la nouvelle année, car je peux donc passer un peu de temps avec Riley avant le début du semestre de printemps. Je ne doute nullement que nous serons occupés, une fois que l'école reprendra, mais au moins, nous assisterons tous les deux aux matchs de football.

Mon esprit dérive de Riley à quelques idées que j'ai eues ces derniers jours, concernant la routine de cheerleading. Avant même de m'en rendre compte, je m'arrête devant mon immeuble.

Riley se gare derrière ma voiture et vient m'aider avec la valise.

— Bubble !

J'entends le cri d'une voix qui m'est très familière et lorsque je me retourne, je manque de m'évanouir.

— Juju ! Oh mon Dieu, comment se fait-il que tu sois ici ?

— J'ai essayé de t'appeler, mais tu n'as pas répondu. La compagnie aérienne m'a offert de repousser mon vol, donc j'ai saisi l'occasion.

Je l'étreins fermement. Elle sent l'avion, les fleurs et les oursons gélifiés – ses en-cas préférés pendant le vol.

— Mon Dieu, comme tu m'as manqué.

Elle regarde derrière moi et sa mâchoire se décroche littéralement.

— Waouh.

— Oh, Juju, je te présente Riley. Riley, voici ma meilleure amie, Juju.

— Ravi de te rencontrer, Juju, lui dit-il. J'ai beaucoup entendu parler de toi.

— Tout ce qu'il a dit est un mensonge, insiste-t-elle en me désignant du doigt. À moins que ce soit vrai.

Riley s'esclaffe.

— J'imagine que je vais devoir apprendre à mieux connaître ce qui est vrai et ce qui est faux.

Juju croise mon regard et je suis sûr de fondre sur place, même dans ce froid glacial. Oui, mon petit ami est actuellement super-hyper-extra mignon avec ma meilleure amie. Est-ce légal de lui sauter dessus en public et d'embrasser son beau visage ? Parce que j'ai terriblement envie de le faire, en ce moment.

Elle se gratte sous son chignon décoiffé et devient subitement sérieuse. Elle jette un bref coup d'œil à Riley, puis se tourne vers moi.

— Euh, je ne suis pas toute seule. Ce n'était pas mon idée. Je n'avais pas le choix, en fait. Fais-moi confiance, j'ai eu envie de lui couper les noix pendant le vol, mais j'ai entendu dire qu'il y avait un maréchal de l'air dans l'appareil et je n'avais pas envie de me faire arrêter.

— De quoi parles-tu ?

Mon sang se glace et mes jambes manquent de céder quand je vois la personne que j'ai juré de ne plus jamais revoir ou de ne plus jamais entendre parler dans ma vie.

— Qu'est… Qu'est-ce qu'il fait ici ?

— Chéri, tu vas bien ?

Riley est juste à côté de moi, son bras musclé me permettant de garder mon équilibre.

Harley sourit comme si nous étions des amis perdus de vue de longue date ou des amants qui ne se sont pas vus depuis quelque temps et qui ont hâte de se retrouver.

— Mon chou ! Waouh, tu es fantastique.

Il porte des vêtements totalement inappropriés pour ces températures. Ses chaussures de cuir suffiraient à le tuer s'il ne meurt pas d'abord d'engelures.

Si seulement.

Plus il se rapproche, plus mon sang décongèle, jusqu'à bouillir de rage.

Je ne veux pas faire toute une scène, surtout pas devant Riley. La dernière chose que je souhaite, c'est qu'il décide que je lui apporte bien trop de drames, après tout. Sans parler de toute mon histoire avec Harley, qui est bien trop humiliante.

Ce dernier se rapproche tant que je sens son eau de Cologne. Celle qui me donnait toujours la nausée. J'aurais dû savoir à ce moment-là qu'il n'était pas le bon pour moi.

Je me fige quand il s'approche encore davantage, mais Riley tend la main dans sa direction, m'offrant efficacement une barrière de sécurité.

— Riley Dempsey. Et vous êtes?

La voix de Riley est plus grave et plus autoritaire que je ne l'ai jamais entendue.

Harley recule et le juge d'un regard. Il ne prend pas la main de Riley, ce qui est probablement malin.

— Harley Bruce. Comment est votre vie depuis que vous avez quitté les Marinos, coach Dempsey?

— Monsieur Bruce. Je lis les journaux sportifs aussi, répond Riley d'un ton mystérieux.

Je jure que Harley blêmit alors légèrement.

Qu'est-il en train de se passer?

— Eh bien, ces retrouvailles étaient sympathiques, mais tu as vu Bubble, donc tu peux reprendre ton chemin, Harley. Ciao, dit Juju en tentant de le repousser.

— Pas si vite. J'aimerais prendre des nouvelles de Bubble, dit-il sans me quitter des yeux.

— Bubble?

La voix de Riley est douce et j'aime qu'il ne m'appelle pas par mon véritable prénom. Harley n'a pas besoin de connaître mon nom. Je sais que le coach me soutient si je veux qu'il chasse Harley. Mais maintenant qu'il est là, je veux savoir ce qu'il a à dire pour se défendre avant que je lui botte le cul jusqu'à Tombouctou.

Je regarde Riley.

— Je t'enverrai un message tout à l'heure, d'accord ?

Il me dévisage et j'aurais aimé pouvoir lui dire ce que je ne peux prononcer à voix haute devant Harley.

— C'est toujours bon, pour demain, hein ?

— Bien sûr.

Et sur ces mots, il retourne vers sa voiture et s'en va.

Je regarde le véhicule conduit par la seule personne avec qui j'ai envie d'être disparaître pendant que celle que je veux tuer est encore à quelques pas de là.

— Mais qu'est-ce que tu fous là, Harley ?

— Je suis venu te voir, chéri. Tu as disparu quand j'ai quitté l'hôpital. Je m'inquiétais comme un fou.

— Tu étais si fou d'inquiétude que tu es allé prendre ma place dans l'équipe de cheerleading. Dis-moi, tu as couché avec le coach pour entrer ou tu m'as juste planté un couteau directement dans le dos ?

Je ne prends pas la peine de prendre ma valise ou n'importe quelle autre affaire dans ma voiture. J'avance vers mon immeuble en récupérant la valise de Juju près de la porte. Même si je n'ai certainement pas envie que Harley s'approche un tant soit peu de mon espace personnel, il fait froid, dehors. Juju porte également des vêtements qui ne sont pas de saison.

— Je ne t'ai pas planté de couteau dans le dos, Bubble. Tu étais blessé. Quelqu'un d'autre aurait pris cette place. Tu n'aurais pas voulu que ce soit moi ?

J'ouvre ma porte d'entrée et avance dans mon petit appartement. Il est froid, car je n'y suis pas entré depuis plus d'une semaine. J'allume donc le chauffage. Mon nouveau but personnel est de faire sortir Harley avant que l'appartement se réchauffe.

Juju demeure silencieuse. Je l'aime, mais notre conversation à propos de cette situation arrivera plus tard.

— Tu sais quoi, Harley ? Tu as raison ? J'aurais voulu que tu aies cette place. Si tu en avais discuté avec moi. Si tu m'avais demandé si ça ne me dérangeait pas. Mais j'étais à l'hôpital, toute ma carrière ayant été détruite en un unique instant, et qu'est-ce que tu as fait ? Dès que tu as pu arrêter de jouer le rôle du petit ami attentionné, tu m'as abandonné.

Il a au moins la décence de sembler honteux.

— Je t'aimais, tu sais ?

— Tu avais une drôle de manière de le montrer. Mais tu sais quoi ? Je m'en moque, maintenant, de savoir que c'était réel. Je veux simplement que tu sortes de ma vie. J'ignore pourquoi tu es là, mais tu m'as vu. La porte est de ce côté.

C'est l'un des rares moments où je déteste que mon appartement habituellement confortable soit trop petit. Je ne peux faire de sortie théâtrale à moins d'aller me cacher dans la salle de bain ou ma chambre. Je me rends donc dans la cuisine et commence à faire couler du café.

— Je sais ce que j'ai fait de mal, mais j'espérais que tu laisserais ça derrière nous et que tu...

— Et quoi ? Qu'on se remettrait ensemble ? Hors de question.

— J'ai besoin de ton aide, dit-il.

Je ris.

— Je n'ai pas d'argent.

— Ce n'est pas d'argent dont j'ai besoin.

Je me retourne et croise les bras. Ça devrait être intéressant.

— Je suis allé fêter ma place dans la nouvelle équipe et quelqu'un a trafiqué ma boisson. Il ne s'est rien passé de mal, mais nous avons eu un test de drogues au hasard, le lendemain, et j'ai échoué. Maintenant, je dois repasser l'audition si je veux retrouver l'équipe.

Je regarde Juju.

— Tu lui as dit que j'avais aidé Brandon avec son audition ?

— Non. Ce trouduc est juste venu et a refusé de partir avant que je lui dise où tu étais. Mon vol était déjà réservé pour te faire la surprise, donc il s'est contenté de me suivre.

Harley me dévisage.

— C'est toi qui as aidé Brandon à obtenir son rôle ?

— Non, abruti. Brandon a aidé *Brandon* à obtenir son rôle. Quand te mettras-tu dans la tête que tu es le seul à pouvoir t'aider ? Personne d'autre ne peut bosser à ta place. Je lui ai seulement donné des idées de chorégraphies et il s'est débrouillé avec. Bref, tu es encore là. Va-t'en.

— Alors, tu ne vas pas m'aider ?

Il me dévisage et je vois sa vulnérabilité. Toutefois, je me souviens ensuite de mon retour de chirurgie et de son absence. J'attendais qu'il me rende visite chez moi et il ne l'a jamais fait. Il ne m'a pas envoyé une seule fleur, une seule carte, ni aucun souhait de rétablissement pour que je puisse suivre mon rêve.

— Non. Va-t'en, s'il te plaît. Je ne te le redemanderai plus.

— Mais je suis venu jusqu'ici, soutient-il comme si c'était le geste magistral que j'ai attendu toute ma vie.

— Je ne t'ai pas demandé de venir.

— Je n'ai même pas de valise ou de vêtements.

— Crois-le ou non, il y a des magasins dans le Connecticut, aussi, dis-je en montrant la porte.

Harley se tourne vers Juju, qui s'est mise à l'aise sur mon canapé, sous l'une de mes nombreuses couvertures. Elle ne nous regarde même pas.

Ce n'est que lorsque la porte se referme dans un cliquètement que je m'autorise à respirer.

Je m'appuie sur le bar et un instant plus tard, Juju vient passer les bras autour de moi.

— Je suis désolée, j'ai essayé de l'en empêcher, mais il ne voulait pas m'écouter. J'ai essayé de t'avertir, mais tu n'as pas décroché ton portable de la journée.

— C'est parce que j'étais trop occupé à m'envoyer en l'air avec mon petit ami ce matin, avant qu'on rentre à la maison.

Elle s'exclame et pose les mains sur sa poitrine.

— Donne-moi une tasse de ce café et *tous* les détails. Commandons à manger. Je n'arrive pas à croire que tu aies réussi avec ton coach. Il semblait assez agacé, quand il est parti.

— Je sais, je l'appellerai tout à l'heure. Je devrais probablement annuler notre rencard de demain, aussi. Je ne veux pas te laisser toute seule.

Elle me donne une claque sur la tête.

— Tu ne feras pas une telle chose. Tu as vu la manière qu'a cet homme de te regarder ? Tu ne vas pas le laisser tomber pour moi. Je peux m'occuper de moi pendant une soirée. Et il vaudrait mieux que tu restes chez lui si vous comptez baiser comme des lapins.

Je l'enlace une fois encore.

— Oh, comme tu m'as manqué.

Alors que je lui sers une tasse de café, la porcelaine craque subitement. Nous nous exclamons tous les deux et échangeons un regard.

Ma grand-mère avait l'habitude de dire que c'était le signe que quelque chose était sur le point de se produire.

— C'est… ce n'est qu'une réaction retardée pour l'arrivée inopinée de Harley, me réconforte Juju.

Un frisson parcourt ma colonne vertébrale.

— Ouais…

29

COACH

J'APPUIE ma tête contre le dossier de mon siège et ferme les yeux. J'ai à peine dormi ces trois derniers jours, mais mon corps refuse de m'offrir un quelconque repos.

Ma valise est à côté de la porte d'entrée de ma maison, abandonnée.

— Tu vas bien, chéri ? me demande maman.
— Oui.
— Tu as l'air fatigué.
— Je vais bien.

Je lui souris et lève sa main jusqu'à mes lèvres.

J'étais à peine arrivé chez moi, après avoir laissé Curtis avec son amie et l'autre mec, quand j'ai reçu un coup de fil de ma mère. Papa avait glissé sur le sol mouillé et s'était brisé le pied.

Je suis content que ça n'ait pas été plus sérieux, mais comme ils étaient sur le point de quitter Saint-Barthélemy, ils ont loupé leur vol de retour.

Sa voix tremblante au téléphone est quelque chose que je ne suis pas près d'oublier. Il s'agissait de leurs premières vacances à l'étranger, donc même s'ils avaient une assurance pour les aider à assumer les coûts, je sais que c'était une expérience effrayante pour maman.

Elle est peut-être courageuse la plupart du temps, elle est une vraie mère poule envers mon père et moi-même. Je ne peux qu'imaginer à quel point elle s'est sentie impuissante en le voyant à l'hôpital et en ne sachant quoi faire.

La seule chose à laquelle j'ai pensé dans l'instant a été de prendre l'avion et de les ramener à la maison avec moi. Je pourrais organiser leurs vols vers Denver une fois que nous saurons de quel genre d'aide mon père aura besoin à la maison.

Comme moi, il n'est pas petit, et comme sa mobilité est compromise, il est impossible que ma mère puisse tout faire pour lui.

— Nous atterrirons bientôt, lui dis-je.

Elle sourit. Papa est à quelques rangées devant nous et il lit un magazine. Au moins, il accepte la situation sans sourciller.

Je regarde fixement mon portable. Lorsque je me suis hâté de mettre des vêtements propres dans un sac marin, j'ai oublié de prendre le chargeur qui se trouvait dans ma valise. Merci mon Dieu, les magasins existent dans les aéroports, car j'aurais détesté la perspective de ne pas pouvoir contacter Curtis pour lui annoncer que je ne serai pas là pour notre rencard.

Je me pince l'arête du nez. J'aimerais que ma migraine s'en aille.

Mon Dieu, il me manque tellement.

Cela fait trois jours et je ne cesse de penser à lui et de m'inquiéter de son état. J'ignore ce qu'il s'est passé, entre Harley Bruce et lui, mais je n'aimais pas la manière dont celui-ci le regardait, comme s'il le possédait.

J'ai également remarqué que Curtis s'est crispé dès qu'il a vu Harley. Ce salopard pensait qu'il pourrait me faire fuir en m'effrayant, mais je sais exactement qui il est. J'ignore simplement son lien avec Curtis, mis à part qu'ils sont tous les deux pom-pom boys. Ils étaient peut-être dans la même équipe auparavant.

— Merde, dis-je entre mes dents serrées.

Cependant, mon juron est assez fort pour que maman pose une main sur mon genou et le tapote.

Et s'ils étaient ensemble? Et si Harley veut se remettre avec Curtis?

— Chéri, on dirait que tu vas faire une crise de panique. S'il te plaît, dis-moi ce qu'il se passe. Est-ce parce que tu as dû t'occuper de nous à la dernière minute?

— Quoi? Mon Dieu, maman, bien sûr que non.

— Alors qu'y a-t-il? Avant, nous discutions de tout, mais tu t'es renfermé sur toi-même et tu m'as tourné le dos.

Elle semble blessée et elle a raison de l'être.

Je soupire. Le mec assis à côté de moi est endormi. Je me retourne donc légèrement sur mon siège.

— Maman, si tu découvrais que quelqu'un que tu aimes a un secret qui pourrait détruire votre amitié, même s'il ne te concerne pas, tu souhaiterais quand même le savoir?

Elle prend ma main dans la sienne.

— Si le secret a le potentiel de détruire une amitié, alors je dirais qu'il me concerne. Je souhaiterais le savoir.

— Même si c'est à propos de Mel?

— Tu es mon fils unique. Je suis fier de l'homme que tu es. Rien de ce que tu pourras me dire n'estompera l'amour que j'ai pour toi. Mel est devenue une fille pour nous, mais nous savons qu'elle n'est pas parfaite.

Mon Dieu, j'ai envie de l'étreindre.

— Oh, maman. Je t'aime. Tu es si ouverte. Papa et toi, vous avez fait de moi ce que je suis. Vous êtes toujours aimants et tolérants, et c'est pour ça que c'est très difficile pour moi.

Elle me serre la main.

— Lâche tout d'un coup et nous n'en parlerons plus jamais.

— Je ne peux pas avoir d'enfants, maman. Je suis stérile.

Ses yeux rougissent et s'emplissent de larmes.

— Oh, chéri.

Elle prend mon visage en coupe et me regarde dans les yeux tout en encaissant cette information.

— Quand l'as-tu découvert ?

— Avant que je demande le divorce.

Elle fronce les sourcils, car ma mère a été présente pendant les vingt-trois ans de fausses couches et de cœurs brisés. Elle était l'épaule sur laquelle Mel pleurait comme si elle l'aurait fait avec sa propre mère si elle était en vie.

— Ma vie entière a été un mensonge, maman. Quand Mel est tombée enceinte à dix-huit ans, j'avais si peur de la perspective de devenir père si jeune. Nous n'avions… tu sais, nous n'avions jamais couché ensemble. Mais même si j'avais peur, j'étais anéanti quand elle a perdu le bébé. Nous l'avons tous les deux été.

— Mais si tu ne peux pas avoir d'enfants… ?

Maman s'exclame.

— Elle ne le savait pas… comprend-elle.

Je vois les pièces du puzzle se mettre en place dans l'esprit de ma mère. Je n'ai pas besoin de lui dire que Mel m'a trompé, car c'est évident.

J'acquiesce.

— Nous sommes restés ensemble et nous nous sommes mariés et… ensuite, elle a perdu un autre bébé. J'ignore pourquoi elle a fait ça, mais comme je suis stérile, tu peux imaginer le nombre de fois où elle a fréquenté d'autres hommes sans se protéger avant et pendant notre mariage. Elle nous a mis en danger, tous les deux. Je ne pourrais pas lui pardonner.

— Comment l'as-tu découvert ?

— Un ami l'a vu quitter un hôtel avec un homme pendant que j'étais en déplacement avec l'équipe, et il me l'a dit. Lorsque je l'ai confrontée, elle m'a avoué qu'elle se sentait seule parce que j'étais toujours sur la route. Lorsque je lui ai posé une question sur la première grossesse, elle a été incapable de me regarder. C'est là que je suis allé chez le médecin et que je me suis fait tester pour les IST. Quand j'y étais, j'ai aussi posé des questions sur ma fertilité. Maintenant que j'y pense, il est ridicule que nous n'ayons pas imagé que l'un de nous était incapable d'avoir des enfants. Elle a probablement supposé que tous ces bébés étaient les miens.

Maman passe les mains dans ses cheveux.

— Mon Dieu, qu'ai-je fait ?

— De quoi parles-tu ?

Elle soupire.

— Je ne voulais pas être un poids pour toi, alors j'ai demandé à Mel si elle pouvait venir nous aider pour le voyage de retour à la maison.

— Comment ça, maman ?

— Oh, fils. Je suis vraiment désolée. Je n'aurais pas dû faire ça. Je l'appellerai quand nous atterrirons et j'annulerai.

— Qu'est-ce que tu annuleras ?

— Elle prend l'avion jusqu'au Connecticut et reste à l'hôtel pendant que nous organisons le vol jusqu'à chez nous. Elle reprend ensuite l'avion avec nous. J'avais si peur de faire tout ça avec ton père, toute seule.

L'annonce de notre atterrissage résonne dans les haut-parleurs.

— Ce n'est rien, maman. C'est probablement une bonne idée. Vous la connaissez et vous pouvez lui faire confiance pour qu'elle vous raccompagne à la maison.

Elle ricane.

— Eh bien, la confiance que je lui accordais a sérieusement changé ces dernières minutes, mais si la vie m'a appris quelque chose, c'est que parfois, nous devons lutter contre un seul incendie à la fois.

Elle tient ma main dans la sienne.

— Et ce jeune homme qui était au chalet avec toi ? Nous sommes peut-être vieux, mais nous ne sommes pas aveugles. Papa et moi en avons discuté. Nous pensons que votre différence d'âge pourrait être une crainte pour l'avenir, mais nous avons vu comment il te regardait quand tu ne le voyais pas, même lors de ce bref coup de fil. Si vous êtes amoureux l'un de l'autre, nous en sommes ravis pour toi et nous te soutenons totalement.

Je souris et lève sa main vers mes lèvres.

— Merci, maman.

Dès que nous serons à la maison, j'appellerai Curtis et organiserai un nouveau rencard. Je ne veux pas qu'il y ait un quelconque malentendu entre nous. Je dois croire que ce que nous avions au chalet était réel et si je dois me battre contre ce salaud qui s'est pointé sur le pas de sa porte, je le ferai.

30

BUBBLE

J'ENTENDS un bruit au niveau de la porte d'entrée et, peu de temps après, des pas s'approchent de ma chambre. Je ferme les yeux.

— Tu peux faire semblant autant que tu le veux, mais je sais que tu es réveillé, me dit Juju. Je vais mettre une pizza dans le four, à moins que tu aies envie que je détruise ta cuisine avec quelque chose d'un peu plus gastronomique comme une salade?

— Une salade, ça n'est pas gastronomique. Ce ne sont que des trucs qu'on balance dans un saladier.

Elle saute sur le lit et me chatouille.

— Donc, tu *es* réveillé.

— Dégage de là, femme ridicule.

— Oblige-moi à le faire.

Je me retourne et commence à lui chatouiller le dos. Nous finissons par terre, emmêlés dans les couvertures de mon lit et riant à en pleurer.

— Merci d'être présente, dis-je alors que nous nous allongeons l'un face à l'autre.

Elle serre mes mains près de sa poitrine.

— Beurk, je touche un sein.

— Ferme-la, réplique-t-elle. On vit un mouvement émouvant.

— Ah bon ?

— Oui. C'est le moment où je te dis que tu dois arrêter de te morfondre et que tu dois te reprendre. D'accord, il te manque. Il sera bientôt de retour et vous pouvez reprendre vos ébats torrides.

— Et s'il s'est passé quelque chose d'horrible ? dis-je alors que mon cœur commence à palpiter. Et s'il est à l'hôpital et qu'il ne peut pas parler, et qu'il n'y a personne avec lui. Oh mon Dieu, Juju, il faut qu'on commence à appeler les différents hôpitaux.

Je m'apprête à me lever, mais elle s'agrippe à moi avec autant de force qu'un millier d'étaux.

— Arrête d'en faire tout un plat. Pourquoi serait-il à l'hôpital ? Tu as dit qu'il était allé récupérer ses parents à Saint-Barthélemy.

— Comment le sais-tu ? Il aurait pu glisser sur un sol mouillé et s'assommer ? Et peut-être qu'il a un traumatisme crânien et qu'il a perdu la mémoire. Il ne se souviendra jamais de ce que nous avons vécu pendant ce Noël.

Ma voix se brise et ma lèvre inférieure tremblote.

Juju ferme les yeux et prend une profonde inspiration comme si elle abandonnait.

— D'accord, pourquoi tu ne prendrais pas une douche avant de t'habiller avec autre chose qu'un pantalon de yoga ? On mangera de la pizza et ensuite on ira chez lui. S'il n'y est pas, nous demanderons à ses voisins s'ils l'ont vu.

— D'accord, j'imagine que c'est un plan raisonnable.

Nous nous levons et je profite du fait que mon lit soit en bazar pour mettre les draps à laver. J'en remets des propres, puis saute dans la douche.

Une fois que j'en sors, je sens l'odeur délicieuse de la

tomate, du fromage et de l'ail. Si Juju nous a aussi commandé des ailes de poulet épicées, je vais peut-être devoir l'étouffer de baisers.

Je m'habille quand mon portable sonne sur la table de nuit. Je vois le nom de Riley apparaître subitement et je trébuche presque en allant récupérer le téléphone.

— Allô ?
— Curtis, chéri.

Il prononce mon nom comme une prière et mon Dieu, ça me fait de l'effet.

— Riley, seigneur, je m'inquiétais tellement. D'accord, j'ai peut-être été un peu dramatique à ce sujet, aussi.

Il ricane à l'autre bout du fil.

— Mais je suis vraiment content que tu sois de retour et je suis désolé que ton père ait été blessé pendant ses vacances. Ta mère a dû avoir si peur.

— Ce n'était pas facile pour elle. Elle a dû gérer l'assurance et les médecins. Mais nous sommes tous à la maison, maintenant, et c'est ce qui compte. Je dois leur organiser l'aide à domicile pour mon père, avant qu'ils reprennent l'avion.

Il marque une pause.

— Merde, tu me manques. Ça me manque, de ne pas sentir ton corps chaud contre le mien, ton parfum de fraise, ton sourire, tes yeux vert forêt.

Je tombe sur le lit comme un adolescent épris.

— Toi aussi, tu m'as manqué. Et au fait, ta voix au téléphone est carrément sexy. Tu as quinze minutes pour lire l'annuaire pendant que je me branle ?

Il rit et ce bruit atteint des parties de mon corps qui ont été négligées ces derniers jours, surtout mon cœur.

— Je te promets de me rattraper.
— Il vaudrait mieux.

— Écoute, je dois y aller. Je t'appelle tout à l'heure, d'accord ?

— D'accord.

Je résiste à l'envie de lui dire *je t'aime* à la fin, car c'est ridicule. Nous sommes ensemble depuis une semaine et nous ne sommes même pas officiellement des petits amis.

Je saute du lit avec une énergie retrouvée.

— Waouh, y a-t-il un genre de substance prohibée dans ce nouveau savon que tu as acheté ? demande Juju lorsque je sors de ma chambre.

— Non, c'est mieux que ça. Mangeons parce que je meurs de faim et que je dois ensuite faire une tarte.

— D'accooord.

Lors du déjeuner, je parle du coup de fil de Riley à Juju et elle me lance son regard violent qui signifie : *je te l'avais dit*.

Le père et la mère de Riley ont aimé la tarte que j'ai préparée pour Thanksgiving, donc je regarde ce que j'ai dans les placards et j'ai tous les ingrédients dont j'ai besoin.

Juju allume la télé et choisit l'une de ses émissions de télé-réalité préférées pour la mettre en fond sonore. Je ne la laisse pas s'approcher de ma tarte et nous discutons donc de tout et rien.

Une fois que la tarte est prête, je la sors du four et la laisse reposer d'un côté. Je vais ensuite dans la chambre, choisis ma tenue préférée et me prépare.

— Qu'est-ce que tu en penses ? demandé-je à Juju en faisant un trois cent soixante degrés devant elle.

— Je crois que si j'étais ton coach, je mangerais cette tarte sur ton corps.

Je regarde mon crop top rose avec un col surdimensionné.

— Devrais-je nuancer un peu la tenue ?

— Non, chéri. Tu devrais être toi. Va surprendre ton coach avec ton beau geste.

— Très bien. Je gère.

Malgré mon excitation première, la nervosité prend le dessus quand je m'approche de chez Riley. Et s'il ne veut pas que je me pointe sans prévenir ? Et s'il n'est pas prêt pour me présenter officiellement à ses parents ?

Merde. Je n'ai même pas pensé à ça.

Il est trop tard, à présent. De plus, je ne suis pas obligé d'entrer. Je peux simplement lui donner la tarte et partir. Oui, c'est ce que je vais faire.

J'avance vers la porte et sonne. Un instant plus tard, la porte s'ouvre, mais ce n'est pas Riley.

— Euh… bonjour.

Je dévisage la femme. Ce n'est pas la mère de Riley. Je me souviens d'elle, depuis le coup de téléphone.

La femme me regarde d'un air confus. Elle est belle, avec des cheveux blonds et des yeux bleus brillants.

— Puis-je vous aider ? demande-t-elle.

— Euh… Je cherche le coach… Je veux dire, Riley.

Elle sourit.

— Oh, vous devez être l'un de ses collègues de travail. Je suis Mel, sa femme.

La manière dont elle prononce ces mots avec tant de certitude et de confiance manque de me renverser.

— Riley est ici ? demandé-je.

— Il est parti faire quelques courses. Nous venons tout juste d'arriver, donc c'est un peu le bazar, dit-elle en lissant ses longs cheveux. C'est en rapport avec le travail ? Puis-je passer un message ? Riley a toujours été un acharné du boulot.

Elle ricane.

— Euh, non, ce n'est pas important. J'ai entendu dire que son père avait eu un accident et j'ai cru qu'il voudrait une part de tarte pour lui remonter le moral.

Elle tend les mains et me prend la tarte.

— Oh, c'est très attentionné de votre part. Merci. Nous apprécions vraiment votre aide. Nous écrirons une note de remerciements pour l'école.

Je reste là, sans voix et confus.

— Souhaitiez-vous autre chose ?

— Non. C'était… non…

Je retourne vers ma voiture.

Je reste assis là un moment tout en essayant d'encaisser ce qu'il vient de se passer. Il m'a appelé. Il a dit que je lui manquais.

Mais il ne m'a jamais dit que son ex-femme était avec lui et il ne m'a jamais invité à venir chez lui. Cela me rappelle que nous ne savons pas grand-chose l'un de l'autre.

Je reste en pilote automatique jusqu'à chez moi.

Juju court dans ma direction dès que je franchis la porte.

— Que s'est-il passé ?

— Je n'en sais rien.

— Comment ça ?

Je m'assieds sur le canapé, avec mon manteau et mes chaussures.

— Son ex-femme était là. Elle s'est présentée comme étant sa femme. Il n'a jamais dit qu'elle était là quand j'ai appelé.

Je regarde Juju.

— Tu crois qu'il a menti ?

— Pourquoi ne l'appelles-tu pas ?

Je secoue la tête.

— D'accord, je vais l'appeler.

Elle m'arrache le portable des mains avant que je puisse l'en empêcher et appelle son numéro.

J'entends la tonalité. Elle sonne à plusieurs reprises avant que quelqu'un décroche.

— Allô ?

Juju me dévisage et articule silencieusement :

— C'est elle ?

J'acquiesce tandis que les larmes commencent à couler sur mon visage.

— Qui est-ce ? Votre nom s'affiche comme étant Bubble, ce qui doit être une plaisanterie. Dans tous les cas…

Juju raccroche et passe les bras autour de moi.

— Je suis tombé amoureux de lui, tu sais ?

— Je sais, mon beau. Tu as un si grand cœur.

— Pourquoi personne n'en veut ?

Elle nous berce dans un mouvement apaisant tout en glissant ses mains de haut en bas dans mon dos.

— Je crois qu'il est temps d'ouvrir cette bouteille de vin que tu as dans le frigo, me dit-elle.

— Et de boire des margaritas, ensuite.

— Ouais.

— Et du punch au rhum ?

— Tout ce que tu veux, chéri.

Nous récupérons tout l'alcool que je possède ainsi que ce que Juju a acheté en restant chez moi et nous posons le tout sur la table basse. Je ne me souviens pas être allé me coucher dans mon lit, mais c'est là que je me réveille le lendemain matin.

Et comme c'est le réveillon du Nouvel An, nous décidons de rester ivres, car personne ne veut avoir la gueule de bois le réveillon du Nouvel An avant la fête.

Nous mangeons et buvons comme des fous.

Dans les limites du raisonnable, bien sûr. Juju, toute sainte qu'elle est, s'assure que je boive de l'eau et mange des glucides.

Le Nouvel An passe à toute vitesse et Juju part ensuite.

Je reste donc seul pour panser mon cœur blessé.

Je n'ai pas eu de nouvelles de Riley depuis notre dernier appel. Bien que, pour être honnête, j'ai éteint mon téléphone. Il a donc peut-être appelé, je n'en sais rien.

Dans un moment de faiblesse, quand je sais que Juju est dans le ciel dans l'avion qui la ramène chez elle, je le rallume.

J'ai quelques messages de Riley sur mon répondeur, mais je ne peux me résoudre à les écouter.

J'ai trop peur.

Je continue donc de les ignorer, tout comme les nouveaux qui arrivent.

Le jour avant la reprise des cours, je reçois un e-mail du principal demandant à tous les professeurs et à toute l'administration de venir pour une réunion.

Je sais que j'y verrai Riley et j'envisage de démissionner jusqu'à ce que la voix de Juju dans ma tête me dise d'arrêter d'être aussi dramatique.

Je n'ai qu'une chose à faire.

Je ne suis pas Bulle-icieux pour rien.

Je vais combattre le feu par le feu.

31

COACH

Je raccroche avec mes parents et me prépare à aller à l'école. Je suis ravi qu'ils soient arrivés sans encombre à la maison et que papa se tienne bien.

Il est temps de retrouver ma vie et de reconquérir l'homme dont je suis tombé amoureux.

Quand maman m'a dit que Curtis était venu avec une tarte pendant que j'étais parti faire quelques courses, j'ai eu envie d'étrangler Mel.

Heureusement, maman l'a fait pour moi en la renvoyant dans son hôtel avant que je rentre. Maman aidait papa à s'installer sur le canapé quand la sonnette a résonné. Mel est donc allée ouvrir.

J'ai vu la tarte sur le plan de travail de la cuisine dès que j'ai posé les courses. L'espace d'un instant, mon cœur s'est envolé et j'ai couru dans le salon, en pensant que Bubble était en train de tenir compagnie à mon père.

Comme j'avais arrangé les soins à domicile et le vol pour que mes parents rentrent chez eux après le Nouvel An et que je m'assurais qu'ils soient tous les deux à l'aise dans ma maison bien plus petite, je n'ai pas eu le temps de faire grand-chose d'autre.

J'ai appelé Curtis, mais son portable semble éteint. J'ai laissé des messages sur son répondeur qui ont été ignorés.

Finalement, les derniers mots de maman quand elle est partie m'ont donné la meilleure idée.

— Ton garçon a besoin d'une grande démonstration. Depuis que tu l'as vu pour la dernière fois, tu as loupé votre rencard, mais il est quand même venu avec une tarte, et il a ensuite dû affronter ton ex-femme. Montre-lui que tu mérites son amour.

J'ai donc passé quelques coups de fil et mis un plan en place.

Je vérifie ma montre. Il est temps de partir. Je me regarde une dernière fois dans le miroir.

Je porte une chemise blanche et le plus beau jean que je possède. Il n'a rien de spécial, mais je sais que Curtis ne s'intéresse pas aux vêtements chics. Il veut quelque chose d'honnête, qui représente la personne que l'on est vraiment.

J'attrape mon manteau et pars.

Quand j'arrive à l'école, tout le monde est déjà présent. L'équipe de cheerleading, l'équipe de football et l'orchestre de l'école. Mon Dieu, j'aime ces gamins.

— Salut, Justin. Tout le monde va bien ? demandé-je au coach assistant de Curtis.

— Coach, ça va être épique.

Il va rejoindre les enfants en tenant une tablette.

Bubble devrait arriver d'un instant à l'autre, à présent. Je prends donc place devant la porte menant aux vestiaires et à notre bureau.

Mes mains tremblent et je les mets dans mes poches. Cela pourrait se passer terriblement mal.

— Il est ici, me dit quelqu'un.

Je ne vois rien, à cause de la foule d'enfants devant moi.

Je suis sûr que quelqu'un enregistre la scène, car les enfants ont fait beaucoup d'efforts pour s'entraîner à effectuer leur routine à la dernière minute.

Lorsque j'ai appelé Justin, il n'aurait pas pu être plus enthousiaste à l'idée de m'aider.

Il a dit qu'il existait un genre de pari non officiel parmi l'équipe de cheerleading, car le coup de cœur de Curtis n'était pas si secret. Ils se demandaient quand je craquerais enfin, quand je le tuerais ou sortirais avec lui.

J'ignore qui est dans l'équipe gagnante, mais je suis tombé amoureux de cet homme haut comme trois pommes, qui sent la fraise et qui est perpétuellement heureux. Je crois que c'est moi, qui gagne, ici. S'il veut bien de moi.

L'orchestre commence à jouer la chanson que je l'ai entendu chanter sous la douche la première fois que je l'ai vu presque nu. *When I'm sixty-four* des Beatles.

Les paroles ont été légèrement modifiées, ce qui était l'idée de Justin, mais la partie principale reste la même.

J'espère qu'il m'aimera encore quand j'aurai soixante-quatre ans.

Les cheerleaders sautent haut dans les airs tandis que l'équipe de football américain se lance le ballon. Lorsque Curtis entre, ils sont supposés créer une allée qui mène directement à moi, à la fin de la chanson.

Je ne le vois pas vraiment, jusqu'à ce qu'il se rapproche, puis il est là. À quelques mètres de moi, seulement.

Quelques élèves se tiennent entre nous. Les cheerleaders effectuent leur routine et soufflent des baisers à Bubble une fois qu'ils retombent. Les footballeurs créent une arche au-dessus de sa tête.

C'est merveilleux, mais c'est incomparable à l'éclat dans ses yeux. Au sourire de joie pur quand il voit tout ce qui se déroule autour de lui.

Il se couvre la bouche lorsque les cheerleaders font

quelque chose de particulièrement osé et qu'il les étreint à la fin. Ils le poussent ensuite vers moi et c'est là qu'il me voit enfin planté là.

Il s'arrête et je ne peux déchiffrer son expression. La musique joue encore. C'est le signal pour que les enfants se dispersent et nous laissent seuls à la fin de la chanson.

Lorsque cela se produit, il n'y aura plus rien entre nous. Plus de mensonges ou de malentendus.

— Je t'aime, articulé-je silencieusement.

Ses yeux s'emplissent de larmes.

S'il te plaît, ne me fuis pas. J'ai besoin de toi.

Il ne cesse d'avancer et s'écrase dans mes bras. J'enroule les miens autour de lui et le serre fermement. Il ne pourra pas m'échapper avant un long moment.

La musique s'achève. Il lève les yeux vers moi.

— Non. Quand tu auras soixante-quatre ans, je t'aimerai plus que je ne t'aime aujourd'hui, car même après tout ce chagrin d'amour et les choses dont nous devons discuter, tu es toujours celui que je veux.

Je prends son visage en coupe et l'embrasse.

Quelques secondes plus tard, nous sommes entourés d'enfants en train de nous applaudir, de sauter et de s'exclamer. C'est la folie.

Une fois que nous nous séparons, les joues de Curtis sont roses et ses lèvres sont rouges tant je les ai sucées.

— Allez-y, vous avez tout vu. Vous pouvez rentrer chez vous, crié-je pour que tout le monde m'entende.

— Vive Bubble ! crient les cheerleaders.

— C'est bizarre qu'ils semblent avoir cet étrange intérêt direct pour notre couple, dis-je en plaçant ma main sur son menton et en tournant son visage vers moi.

— Comment as-tu organisé tout ça ? me demande-t-il.

— Justin m'a aidé. C'est un véritable acolyte. Ma surprise

discrète s'est transformée en un flash mob d'une centaine de personnes.

Je lui prends la main et l'attire dans le bâtiment en fermant la porte à clé derrière nous.

Curtis hausse les sourcils, mais ne pose pas de questions.

Son kit de détection des tremblements de terre est toujours sur le mur alors que nous traversons le vestiaire, mais c'est le bureau, que je souhaite lui montrer.

— Tu es prêt ? lui demandé-je.

— Y a-t-il un autre orchestre ou plus de musique ?

— Non.

— *Magic Mike*, mais nu ? demande-t-il en agitant les sourcils.

— Quoi ? Non.

Il hausse les épaules.

— Ce n'est pas grave. Tu peux m'offrir ton propre spectacle.

J'ouvre la porte pour le laisser entrer.

— Tu as déplacé mon bureau ?

Il glisse la main sur son bureau, là où il rejoint le mien. Ils sont côte à côte. Ses citations motivantes ont été décalées pour couvrir l'espace entre nos deux fauteuils et je vois désormais la peinture sur le mur.

— Ta place est à côté de moi, Curtis. De toutes les façons possibles.

Je le soulève et le pose sur son bureau, poussant son manteau sur ses épaules afin de pouvoir m'approcher de lui.

— Je suis désolé pour Mel. Tout ce qu'elle a dit ou sous-entendu était faux. Ma mère était tellement en colère contre elle quand Mel a dit que tu avais déposé une tarte. Elle voulait te rencontrer.

— Mel ne savait pas qui j'étais, m'explique-t-il.

— Non, c'est vrai. Mais la politesse aurait voulu qu'elle t'invite à entrer.

— Tu crois qu'elle savait? Que tu fréquentais peut-être un homme?

Je hausse les épaules.

— Non, et ça n'a pas d'importance. J'ai avoué à ma mère ce que Mel a fait et la raison de notre divorce. Je te raconterai l'histoire plus tard, mais je pense que tu devrais savoir quelque chose de plus important.

— D'accord.

Mon Dieu, ses yeux trahissent une telle confiance.

— Il y a plusieurs choses, à vrai dire. La première et la plus importante est que je t'aime. Je t'aime tellement. Je ne supporte pas l'idée de ne pas te voir tous les jours, de ne pas me réveiller auprès de toi ou de t'entendre marmonner des choses ridicules. Je t'aime au point où je veux connaître ta meilleure amie. Je veux qu'elle te rende visite aussi souvent qu'elle le peut. Je veux que tu réalises tes rêves et que tu sois heureux. J'espère seulement qu'ils m'incluent aussi. J'espère que nous pouvons faire en sorte que notre bulle de Noël dure toujours.

Il ouvre la bouche pour parler, mais je pose un doigt sur ses lèvres pour l'interrompre.

— Je suis aussi stérile. J'ai toujours voulu des enfants, mais je ne savais pas que j'étais incapable d'en avoir jusqu'à récemment. Quand j'ai divorcé, c'est devenu l'une de ces choses que j'ai accepté de ne jamais avoir. Mais je vais te dire, Curtis. Si tu veux être père, je serai le meilleur papa que nos enfants pourraient vouloir. Si tu ne le veux pas, alors ça ne me dérange pas non plus. Peu importe ce que nous déciderons ensemble, ce sera toujours le bon choix. Je ne voudrai jamais rien plus que je te veux, toi. Tu m'entends?

Il lève les yeux vers le plafond.

— J'ai toujours cru que ma grand-mère me surveillait de là-haut. Maintenant, je sais que c'est vrai et elle s'est vraiment surpassée, cette fois.

Il me regarde alors, ses yeux rouges à cause de larmes non versées.

— Je me suis enfui dans le Connecticut parce que quelqu'un que je pensais aimer m'a donné l'impression que je n'étais qu'un tremplin pour qu'il obtienne ce qu'il voulait. Maintenant, je sais que chaque moment de ma vie était fait pour m'emmener à cet instant exact où je peux te dire que je t'aime aussi. Je te donnerai autant d'enfants que tu en désireras parce que je ne vois mon avenir que d'une seule manière : avec toi, Riley Dempsey.

Nos bouches se rencontrent dans un doux baiser aimant qui devient vorace et désespéré. Nos dents se heurtent, nous nous mordillons et nous mordons. Il a le même goût que dans mes souvenirs. Ma saveur préférée de tous les temps.

Bubble à la fraise.

— Emmène-moi chez toi, Coach, et baise-moi comme tu le voulais cette première fois. Faisons comme si nous étions dans cette douche.

— Comment savais-tu que je voulais te baiser à ce moment-là ? demandé-je en lui mordillant le cou et en suçotant sa peau pour laisser une marque.

— Ça se voyait dans tes yeux.

J'attrape son manteau et l'aide à l'enfiler. Je remonte ensuite la fermeture éclair jusqu'à ce qu'il ressemble au burrito humain le plus délicieux.

Avant que nous partions, Curtis remarque les nouveautés dans nos fournitures de bureau. Des pots à crayons. L'un dit *Je suis à lui* et est orné d'une flèche montrant l'autre sur lequel il est écrit : *il est à moi*.

— Pour que ce soit clair, ça ne veut pas dire que tu auras des gâteaux tous les jours, maintenant, me dit-il.

— Quoi ? Tu plaisantes ?

Il se met sur la pointe des pieds pour m'embrasser.

— Mais tu peux me bouffer le cul quand tu le veux.

— Ça me va.

Lorsque nous sortons du bâtiment, il n'y a plus personne dans le coin.

Merci mon Dieu, le principal est un fan des Marinos et j'ai réussi à lui obtenir un maillot signé par tous les mecs de l'équipe.

J'aurais fait signer des maillots par toutes les équipes de la NHL pour avoir la chance de retrouver mon Bubble.

— Mon Dieu, j'ai hâte d'être à nouveau en toi, dis-je en l'attirant par la main jusqu'à ma voiture.

Nous pourrons récupérer la sienne demain.

— Alors, il vaudrait mieux qu'on se dépêche. Je te rappelle que ma queue a été négligée pendant plus d'une semaine. Il ne faudra pas grand-chose pour que je jouisse dès que ton membre gigantesque me remplira.

— Seigneur, Bubble. Tu vas me faire jouir dans mon pantalon.

Nous arrivons chez moi en un temps record. Comme mon nouveau sport préféré est de porter Curtis partout, je le soulève quand nous sortons de la voiture et ne le relâche pas avant que nous soyons dans la salle de bain attenante à ma chambre.

Nos vêtements sont éparpillés et je crois qu'il manque peut-être un bouton ou deux à ma chemise, désormais. Curtis fait couler l'eau et nous attendons qu'elle soit chaude pour nous placer sous le jet.

Il pose les mains sur le mur carrelé et tend ses fesses vers moi. C'est le plus beau des spectacles.

Je tombe à genoux et le lèche jusqu'à ce qu'il se repousse contre mon visage.

— L'un de ces jours, tu vas t'asseoir sur mon visage et je vais te bouffer jusqu'à ce que je jouisse, chéri, lui dis-je.

Il gémit en guise de réponse alors que je remplace ma langue avec mes doigts lubrifiés.

— Merde, tes doigts m'ont manqué. Donne-m'en plus, Riley.

— Patience, Curtis.

— Hors de question. J'avais besoin de ta queue en moi, hier.

Mon membre s'épaissit alors que j'envisage de m'enfoncer dans son trou serré. Je me lève et applique du lubrifiant sur ma longueur avant de l'aligner avec ses fesses.

Me servant de mes deux mains, je l'ouvre afin de bien voir quand il me prend centimètre après centimètre.

— Tu es si beau, avec ma queue enfoncée en toi jusqu'à la garde, Curtis.

— Argh, pourquoi tu prononces mon nom comme si c'était le plus sexy qui ait jamais existé ?

— Parce que je t'aime, chéri. Ton nom franchissant mes lèvres sera toujours une prière.

Il tourne son visage sur le côté afin de croiser mon regard.

— Alors, emmène-moi à l'église, Riley.

Je me retire et m'enfonce dans un unique mouvement. Curtis crie mon nom encore et encore.

J'ai besoin de voir son visage quand il jouit. Je me retire donc et le retourne.

— Enroule tes jambes autour de ma taille.

Ses cuisses s'appuient autour de moi, me rappelant sa force. Il est peut-être petit, il n'est pas faible. J'attrape ma verge et la remets en lui.

Avec les mains sur ses fesses, je n'ai même pas besoin du mur pour me soutenir.

— Oh mon Dieu, Coach. C'est si bon. Mon Dieu. Tu la touches chaque fois. Merde, ne t'arrête pas.

Je grince des dents et me sers de mes mains pour l'aider à rebondir sur mon membre jusqu'à ce qu'il jouisse. Des filets et des filets de semence blanche recouvrent nos ventres.

— Je veux le goûter, dis-je.

Il glisse la main sur son torse avant de la lever vers ma bouche. Le goût salé et amer de sa semence ainsi que le fait que j'étais déjà à deux doigts de jouir me submergent.

Je l'emplis avec plus d'une semaine de jouissance. Tout comme lui, je ne me suis pas touché. Même quand je ne pensais qu'à Curtis, j'avais besoin que ma prochaine fois soit avec lui.

Nos souffles se mêlent dans un baiser paresseux. Je nous replace sous le jet d'eau et le repose afin que nous puissions nous laver mutuellement.

Je n'aurais jamais cru que j'aurais une seconde chance d'aimer à mon âge, mais je sais désormais que je n'avais aucune chance contre Curtis. Et je ne changerais ça pour rien au monde.

32

BUBBLE

ENVIRON UN AN PLUS TARD

— Ça suffit, chéri. Fais-moi confiance.

Je dévisage l'homme que j'aime plus que tout, même si actuellement, je me demande pourquoi.

Je lève la main et montre mes doigts.

— Tout d'abord, il n'y a jamais suffisamment de décorations. Deuzio, oui, les cookies sur le sapin de Noël doivent être comestibles. Autrement, quel est l'intérêt? Tertio, nous devons encore accrocher la guirlande sur la poutre.

Il retire son haut.

— Qu'est-ce que tu fais?

J'attrape sa chemise et tente de le rhabiller, mais ses mains sont déjà sur la ceinture de son survêtement gris. Mon membre traître réagit.

— Non. On ne va pas coucher ensemble maintenant. Tes parents seront là d'un instant à l'autre et nous n'avons pas fini de décorer.

Il est entièrement nu. Son canon pointe dans ma direction et me provoque.

Je soupire et me pince l'arête du nez.

— D'accord. Mais il va falloir qu'on soit rapide.

Il me soulève par-dessus son épaule et m'emmène dans la chambre.

Merci, seigneur, pour cette miséricorde. Je n'aurais pas voulu nettoyer du sperme sur les coussins du canapé avant l'arrivée de ses parents.

— Cul relevé, m'ordonne-t-il.

J'obéis. J'adore quand il devient autoritaire.

Je m'attends à ce qu'il me fasse un anulingus, mais je sens plutôt du lubrifiant froid sur mes fesses. Il m'ouvre et quelque chose d'autre que ses doigts se glisse en moi.

— C'est quoi ce délire ?

— Détends-toi, chéri, ce n'est qu'un plug.

— Pourquoi c'est si bizarre ?

Il rit.

— Tu verras. Allonge-toi sur le dos, maintenant.

Hmm, d'accord…

J'ignore où va cette conversation, mais plus il me touche, plus j'ai envie de jouir et moins je pense aux décorations de Noël ou à ses parents qui arrivent de l'aéroport avec Juju.

Nous restons au chalet cette année et après avoir parlé à monsieur et madame Crawford, ils m'ont assuré que personne ne séjournerait dans leur chalet lors de ce Noël. Nous leur avons donc loué pour les parents de Riley et Juju. Ce sera génial.

Riley me chevauche. Il tend la main dans son dos et retire un plug de son propre anus.

Salaud sournois.

Il aligne ensuite son orifice avec mon membre et s'assied sur moi d'un seul mouvement.

— Putain… merde… crié-je.

Son poids appuie le plug dans mon anus contre ma prostate et la double stimulation va rendre cet ébat horriblement rapide.

— Je vais bouger, maintenant, chéri. Ça va être rapide et salissant, m'avertit-il.

— Oui… s'il te plaît.

Pour un homme qui vient de fêter ses quarante-sept ans, Riley a une incroyable endurance. Je suis sûr que je vais mourir bien avant lui. Il chevauche mon membre comme un cowboy en retard pour son rodéo.

Son sexe est rouge et goutte comme un robinet. Il s'agrippe à mes jambes derrière lui et je sais donc que je touche sa prostate.

Lorsque ses mouvements deviennent plus erratiques, je sais qu'il se rapproche de la jouissance.

— Tu es prêt, chéri ? me demande-t-il.

— Oh que oui.

C'est son spectacle. Je vais le laisser jouir avant de m'autoriser à le faire. Toutefois, à l'instant où le premier filet de semence touche mon torse, ce putain de plug dans mon cul vibre et il me fait passer de l'autre côté.

Je relève mes hanches avec une force que j'ignorais posséder tandis que mon corps cède au plaisir. Je crois que je m'évanouis un instant, car je ne me souviens pas que le plug a été éteint ou retiré de mes fesses.

Riley s'approche avec un gant chaud pour nettoyer sa jouissance sur mon torse. Une partie a même touché mon visage. Il s'allonge ensuite à mes côtés et m'attire dans ses bras.

— Tu essayais de me tuer ? Parce que tu as failli y arriver, dis-je.

Il glousse.

— Non. J'essayais de te détendre.

— Considère que je suis détendu.

Je lève un bras et le laisse retomber sur le lit comme s'il pesait une centaine de kilos.

— Tu as été trop stressé, ces temps-ci, chéri.

— Je sais. Je suis désolé. C'était la folie, non ? Je suis désolé de ne pas avoir été là très souvent.

Il prend mon visage en coupe.

— Je suis incroyablement fier de toi, Curtis.

— Je sais. Mais j'aimerais passer plus de temps avec toi.

Cette dernière année a été un véritable tourbillon. Brandon m'a donné le nom de quelqu'un avec qui il travaillait à Broadway et cette personne souhaitait que je déménage à New York pour bosser avec eux.

Moi. Curtis John Merroll. Un chorégraphe à Broadway.

In. Croy. Able.

J'ai d'abord été enthousiaste, mais avant que je sois censé les rencontrer, j'ai fait une sérieuse crise d'angoisse. Coach est venu à New York avec moi et nous avons passé un bon moment.

Il m'a fait sa demande à Central Park – *oui, nous sommes fiancés* –, mais je ne pouvais me débarrasser de l'impression que quelque chose clochait.

Finalement, j'ai décidé que ce n'était pas pour moi. Toutefois, mon rendez-vous m'a ouvert d'autres possibilités. Je me suis donc inscrit à l'université pour étudier la chorégraphie. J'entraîne encore l'équipe de cheerleading, mais Justin se charge d'une bonne partie du boulot comme j'ai parfois cours et que je loupe donc les entraînements ou les matchs.

J'ai suggéré une démission, mais le principal ne voulait rien entendre, surtout quand le groupe a gagné sa première compétition nationale.

Coach est toujours avec l'équipe et il adore ça. De temps en temps, l'un de ses anciens joueurs vient lui rendre visite, ce qui fait venir les journalistes en ville. Les alentours deviennent alors un cirque pendant quelques jours, puis tout redevient normal.

Juju est toujours à Los Angeles, mais elle envisage sérieusement d'emménager dans le Connecticut, surtout une fois que j'aurai mon diplôme. Nous avons discuté de l'idée d'ouvrir une école de danse ensemble.

Je n'ai pas entendu parler de celui-dont-on-ne-doit-pas-prononcer-le-nom depuis qu'il a quitté mon appartement. Enfin, ce n'est pas totalement vrai. Juju a entendu dire que l'histoire qu'il m'a montée à propos de sa boisson trafiquée n'était pas vraie. Il prenait réellement des drogues prohibées pour améliorer ses performances sur le tapis.

Comme ma grand-mère le disait, on provoque notre propre chance. J'imagine qu'il pensait devoir voler sa place plutôt que de bosser pour l'obtenir. Je m'en moque, dans tous les cas.

Nous grandissons et nos rêves changent. Mes rêves incluent désormais beaucoup de changements dans nos vies.

J'entends une voiture dehors.

— Oh merde, ils sont là.

Je saute du lit et commence à récupérer mes vêtements.

— Chéri, calme-toi. Ils ne peuvent pas entrer sans clé et ils vont probablement s'installer dans le chalet d'à côté de toute façon.

— Mais les décorations !

Riley soupire et abandonne le combat.

— Viens, Bulle-icieux. Dis-moi ce que je dois accrocher et où je dois le faire.

La famille de Riley et Juju nous envoient un message pour nous annoncer qu'ils défont leurs affaires et réchauffent le chalet, et qu'ils nous rejoindront pour le dîner. Cela nous donne plus de temps pour tout arranger.

Il faut que ce soit parfait.

Nous avons passé beaucoup de temps au chalet, cet été. Riley a fini tous ses projets de rénovations. Il m'a ensuite permis de faire une virée shopping pour acheter de nouvelles couvertures, des cadres pour accrocher nos photos de famille et des décorations.

Le chalet ressemble désormais à un vrai foyer. Notre petite maison loin de notre maison. Un sanctuaire dans lequel nous pouvons nous échapper.

On frappe à la porte.

Riley ouvre et la famille entre petit à petit.

Juju court directement dans ma direction et m'étreint fermement avant de me voler un morceau de viande que je coupe pour le dîner.

Entrent ensuite les parents de Riley, qui lui ressemblent adorablement. Je les aime tous les deux.

— Tu as refait cette tarte, fils ?

— Bien sûr, papa.

Voilà encore une nouveauté. Ils insistent pour que je les appelle maman et papa. La première fois qu'ils l'ont dit, j'ai pleuré comme un bébé et j'ai couru hors de la pièce. Une fois que j'ai clarifié ma réaction, ils ont compris pourquoi leur requête était spéciale pour moi. Ils sont maman et papa, depuis.

— Le dîner est prêt, annoncé-je.

Tout le monde prend sa place tandis que j'apporte toute la nourriture sur la table.

Avant que nous commencions à remplir nos assiettes, Riley me regarde et me sourit en s'éclaircissant la gorge.

— Maman, papa, Juju, dit Riley. Nous avons quelque chose à vous annoncer. Si vous regardez sous vos assiettes, il y a une petite enveloppe que vous devez ouvrir pour nous.

Ils lèvent leurs assiettes et regardent ce que nous leur avons laissé.

Riley passe un bras autour de mes épaules. Nous regardons alors les personnes les plus importantes de nos vies découvrir que notre famille s'apprête à s'agrandir, grâce à notre merveilleuse mère porteuse.

Lorsque nous avons eu l'occasion de discuter de tout, l'année dernière, Riley m'a parlé plus en détail de ses tentatives pour avoir une famille avec son ex-femme. Je sais que c'est un grand moment, pas seulement pour lui, mais pour ses parents également.

Sa mère vient m'étreindre fermement.

— Mon enfant. Merci d'être tout ce dont notre Riley a besoin.

— Maman, tu sais que je ne suis pas vraiment enceint, n'est-ce pas ?

Ils s'esclaffent et alors que tout le monde se sert en nourriture, nous discutons de prénoms de bébé, de décorations pour les chambres d'enfant et de l'école dans laquelle le bébé ira.

Maman et papa nous annoncent qu'ils n'ont plus d'excuse pour ne pas emménager dans le Connecticut, à présent. Ils nous rendent souvent visite et le sujet est déjà venu dans nos conversations. J'imagine qu'un petit-fils ou une petite-fille a suffi à les faire changer d'avis.

Je pense à ma grand-mère et souris discrètement. J'adorerais qu'elle soit là avec nous, mais je sais qu'elle est dans les parages. Après tout, elle a réussi à me pousser vers mon coach.

— J'aurais aimé la rencontrer, me dit Riley à l'oreille comme s'il lisait dans mes pensées.

— Moi aussi.

Voilà donc où nous en sommes.

Un an auparavant, j'étais célibataire et je désirais un homme que je croyais hétéro. J'ignorais que je n'avais qu'à l'inviter dans ma bulle de Noël pour qu'il soit à moi pour toujours.

Chers lecteurs, j'espère que vous avez apprécié l'histoire de Bubble et Coach. Je me suis tant amusée à l'écrire, surtout grâce à Bubble. Il est l'un des personnages les plus délicieusement drôles que j'ai écrits.

En guise de récompense spéciale pour mes lecteurs, j'ai commandé une œuvre d'art représentant Bubble. Si vous aimez colorier les scènes de vos livres préférés, inscrivez-vous à mon club VIP pour recevoir une copie téléchargeable du premier baiser de Bubble et Coach.

Voulez-vous avoir un aperçu de l'avenir de Bubble et Coach ? N'oubliez pas de vous inscrire.

Inscrivez-vous ici : Bonus de Bubble

Assurez-vous de me suivre sur Amazon pour être prévenu des nouvelles sorties et cherchez-moi sur Facebook pour avoir des extraits des histoires prochainement publiées.

Pour les cadeaux, les extraits, les avant-premières et des moments amusants sous caféine, s'il vous plaît, rejoignez mon groupe Facebook! Café RoMMance – Ana's Reader Group (le groupe de lecteurs d'Ana).

À PROPOS DE L'AUTEUR

Ana Ashley est née au Portugal mais vit au Royaume-Uni depuis si longtemps que même ses amis doutent parfois qu'elle soit vraiment portugaise.

Après être devenue accro à la lecture de romances gay, Ana a décidé de réaliser son rêve de toujours : devenir auteur.

Aujourd'hui, vous pouvez la trouver devant son ordinateur portable, en train de donner vie à ses histoires, ou dans sa cuisine, en train de perfectionner sa recette des célèbres tartes à la crème portugaises.

Ana Ashley écrit des romances gay douces et torrides qui se déroulent en Amérique, souvent dans de petites villes où tout le monde se connaît.

Rejoignez le groupe Facebook Café RoMMance de Ana ou son site Internet www.anawritesmm.com pour recevoir des contenus exclusifs et en apprendre plus sur ses dernières sorties !

Email - ana@anaashley.com

NOTES

1. Coach
1. Bubble signifie *bulle*, en français.

Milton Keynes UK
Ingram Content Group UK Ltd.
UKHW031120261124
451585UK00004B/377

9 781798 227846